读客当代文学文库

当代文学看读客,名家名作都在这

不被大风吹倒

莫言 著

北京日报出版社

图书在版编目（CIP）数据

不被大风吹倒 / 莫言著． -- 北京：北京日报出版社，2024.11（2025.5重印）． -- ISBN 978-7-5477-5040-7

Ⅰ．I267

中国国家版本馆CIP数据核字第202472KC70号

不被大风吹倒

作　　者：莫　言
责任编辑：曲　申
特约编辑：李晓宇　　李亚茹　　李颖荷
封面画家：朱志齐
装帧设计：汪　芳
插画设计：汪　芳　　章婉蓓　　王若愚
出版发行：北京日报出版社
地　　址：北京市东城区东单三条8-16号东方广场东配楼四层
邮　　编：100005
电　　话：发行部：（010）65255876
总编室：（010）65252135
印　　刷：三河市中晟雅豪印务有限公司
经　　销：各地新华书店
版　　次：2024年11月第1版
2025年5月第10次印刷
开　　本：880毫米×1230毫米　1/32
印　　张：8.25
字　　数：171千字
定　　价：59.90元

版权所有，侵权必究，未经许可，不得转载
凡印刷、装订错误，可调换，联系电话：010-87681002

目 录

第一章 // 一个人可以被生活打败,但是不能被它打倒。

不被大风吹倒 002
我为什么叫"莫言" 006
我是个女性崇拜者 009
我保持年轻的秘诀 013
我的一天 018

第二章 // 人世也好,六道也好,
忙忙碌碌,辛辛苦苦,恩恩怨怨。

人活着,就是要在虚无之中找出意义 024
平凡人该不该拥有远大理想 028
一个人究竟早熟好还是晚熟好 032
我人生中的低谷期,是这样熬过去的 035
喧嚣与真实 038
再谈悠慢 046
说 风 050

第三章 // 当年为之流泪的地方，如今依然为之流泪。

  过去的年   058

  我和羊   066

  偷鹅记   075

  童年看电影   084

  我与酒的渊源   090

  洗热水澡   094

  割草诗   099

  柏林墙下   104

第四章 // 他处在人生的最低处，
      但他的精神总能如雄鹰翱翔在云端之上。

  母 亲   110

  我的父亲   115

  陪女儿高考   121

  我的室友余华   127

  忆史铁生   133

  我眼中的阿城   137

  怀念孙犁先生   146

第五章 // 一个作家读另一个作家的书,实际上是一次对话,甚至是一次恋爱。

阅读的意义是什么　　　　　　　　　152
童年读书　　　　　　　　　　　　　156
福克纳大叔,你好吗　　　　　　　　165
漫谈斯特林堡　　　　　　　　　　　175
独特的声音　　　　　　　　　　　　184

第六章 // 我们祈求灵感来袭,就必须深入到生活里去。

土行孙和安泰给我的启示　　　　　　196
灵感像狗一样,在我的身后大喊大叫　204
用耳朵阅读　　　　　　　　　　　　210
用鼻子写作　　　　　　　　　　　　216
诉说就是一切　　　　　　　　　　　222

附录一　影响过我的十位诺奖作家　　227
附录二　莫言写作小技巧　　　　　　239
后　记　和莫言聊聊天　　　　　　　243

第一章

一个人可以被生活打败，
但是不能被它打倒。

不被大风吹倒
—— 致年轻朋友的一封信

有年轻的朋友问我,如果遇到人生中的艰难时刻,该怎么办?

这确实是一个必须面对的重要问题,谁都不敢保证自己一生中不会遇到困难甚至是艰难时刻。我无法告诉你们一个适合所有人的标准答案,但可以与你们分享两个小故事。当我遇到艰难时刻时,给我带来知识与力量的是一本书和一个人。

"一本书"是《新华字典》。我一生中遇到的第一个艰难时刻,是童年辍学。当时与我同龄的孩子都在学校里,他们在一起学习、玩耍,而我孤零零地一个人放牛、割草,十分孤独。幸好在这个时候,我得到了一本《新华字典》。我当然也希望能阅读很多的经典作品,但当时的农村书很少,谁家有本书都视若珍宝,轻易不外借。只有这本《新华字典》是属于我的,我认识的大部分汉字实际上都不是在学校里学的,而是在辍学之后,通过阅读这本《新华字典》学的。总之在当年那种

孤独穷困的环境里，就是这本工具书陪着我度过了艰难时刻，而且也为我以后能拿起笔来写小说奠定了基础。

"一个人"是我爷爷。小的时候，我跟着爷爷去荒草甸子里割草。归程时天象诡异，一根飞速旋转着的黑色的圆柱向我们逼过来，并且伴随着沉闷如雷鸣的呼隆声。我惊问爷爷，那是什么？爷爷淡淡地说，风，使劲拉车吧，孩子。风越来越大。我们车上的草被刮到天上去，我被风刮倒在地，双手死死地抓住了两丛根系很深的牛筋草才没有被风刮走。我看到爷爷双手攥着车把，脊背绷得像一张弓，他的双腿在颤抖，小褂子被风撕破，只剩下两个袖子挂在肩上。爷爷与大风对抗着，车子未能前进，但也没有后退半步。大风过去了，爷爷还保持着这个姿势，仿佛一尊雕塑。许久之后，他才慢慢地直起腰，他的手指蜷曲着都伸不开了。爷爷与狂风对峙的模样，永远印刻在我的脑海里。那么我们是胜利者还是失败者？风来时，爷爷没有躲避，尽管风把我们车上的草刮得只剩下一棵，我们的车还在，我们就像钉在大坝上一样，没有前进，但是也没有倒退。我觉得从这个意义来讲，我们胜利了。

我的故事是老生常谈，不一定能让你们感兴趣，但因为这是我的亲身经历，所以还是讲给你们听，但愿能给你们带来一些启发。古人云："道阻且长，行则将至。"年轻朋友们，当我们遇到艰难时刻，不要灰心，不要沮丧。只要努力，总是会有收获。希望总是在失望甚至是绝望时产生的，并召唤着我们

读客当代文学文库

重整旗鼓，奋勇前进。一个人可以被生活打败，但是不能被它打倒。总之我想，越是在困难的时刻，越是文学作品能够发挥它直达人的心灵的作用的时候。

（2022年5月4日）

我为什么叫"莫言"

我的家乡高密东北乡是三个县交界的地区，交通闭塞，地广人稀。村子外边是一望无际的洼地，野草繁茂，野花很多。

我每天都要到洼地里放牛。因为我很小的时候就已经辍学，所以当别人家的孩子在学校里读书时，我就在田野里与牛为伴。我对牛的了解甚至胜过了我对人的了解。我知道牛的喜怒哀乐，懂得牛的表情，知道它们心里想什么。在那样一片在一个孩子眼里几乎是无边无际的原野里，只有我和几头牛在一起。牛安详地吃草，眼睛蓝得好像大海里的海水。

我想跟牛谈谈，但是牛只顾吃草，根本不理我。我仰面朝天躺在草地上，看着天上的白云缓慢地移动，好像它们是一些懒洋洋的大汉。我想跟白云说话，白云也不理我。天上有许多鸟儿，有云雀，有百灵，还有一些我认识它们，但叫不出它们的名字。它们叫得实在是太动人了。我经常被鸟儿的叫声感动得热泪盈眶。我想与鸟儿们交流，但是它们也很忙，它们也不

不被大风吹倒

理睬我。我躺在草地上，心中充满了悲伤的感情。

在这样的环境里，我首先学会了想入非非。这是一种半梦半醒的状态。许多美妙的念头纷至沓来。我躺在草地上理解了什么叫爱情，也理解了什么叫善良。然后我学会了自言自语。

那时候我真是才华横溢，出口成章，滔滔不绝，而且合辙押韵。有一次我对着一棵树自言自语。我的母亲听到后大吃一惊，她对我的父亲说："他爹，咱这孩子是不是有毛病了？"

后来我长大了一些，参加了生产队的集体劳动，进入了成人社会。我在放牛时养成的喜欢说话的毛病给家人带来了许多麻烦。我母亲痛苦地劝告我："孩子，你能不能不说话？"我当时被母亲的表情感动得鼻酸眼热，发誓再也不说话。但一到了人前，肚子里的话就像一窝老鼠似的奔突而出。话说过之后，又后悔无比，感到自己辜负了母亲的教导。

所以当我开始我的作家生涯时，我为自己起了一个笔名：莫言。但就像我的母亲经常骂我的那样："狗改不了吃屎，狼改不了吃肉。"我改不了喜欢说话的毛病。为此我得罪了许多人，因为我说的话不好听，或者是不合时宜。

现在，随着年龄增长，我的话说得越来越少，我母亲的在天之灵一定可以感到一些欣慰了吧？

（2000年3月）

我是个女性崇拜者

有人觉得我的长篇小说《丰乳肥臀》有贬低女性的倾向，今天我来回答一下这个问题。

我没有贬低女性的心理动机，实际上，有些评论家看了《丰乳肥臀》，反而说我是一个女性主义者，甚至是个女性崇拜者。我接受采访时也讲过，每到最困难最危险的时刻，女人比男人要坚强，女人比男人要伟大。

我在农村生活多年，发现遇到特别大的事情的时候，女性往往比男性镇静，因为女人多了一层属性——母性。母性可以让女人上天入地，上刀山下火海，生死不怕。一个母亲，为了她的孩子，什么都可以付出。

我的小说集《晚熟的人》里面有个中篇《火把与口哨》，里边有位女主人公三婶，孩子被狼吃了，为了给孩子报仇，她像一个足智多谋而又勇敢无畏的将军一样，制作武器，制订计划，最终端了狼窝。那样一种冷静、果断、勇敢，男人也未必做得到。

读客当代文学文库

《丰乳肥臀》因为写得比较大胆，可能与有些读者的观念有较大的冲突，但我认为我遵循的还是现实主义的创作方法，塑造的还是典型环境里的典型人物。这个典型环境就是半殖民地半封建的中国，是旧社会，在这样的环境里，女人被压在社会的最底层，在某种意义上，她们的境遇甚至不如畜生。小说中的母亲当然是虚构的，但这个母亲的故事和性格，是有深厚的现实基础的。她不是传统意义上的贤妻良母，更不是道德楷模。按照传统道德来衡量，甚至可以说她是个荡妇，跟那么多的男人生那么多的孩子。但如果了解一下那个时候的中国乡村底层的生活，以及这个人物所生存的家庭处境，似乎应该给予她无限的同情，而不是辱骂与诅咒，该辱骂和诅咒的应该是当时的黑暗社会和封建礼教，而不是这个为了生存而苦苦挣扎的女人。我希望读者能看到我的真正用意，我真正的用意就是借这样一个女性，对封建制度发出最强烈的控诉。

因为在那个年代，一个女人如果结婚之后不生孩子，她会被赶出家门、赶回娘家。不能生育就休妻，这没有什么好争执的。如果你能生育而不能生男孩的话，你在家族里是没有地位的，大家都瞧不起你，你也不会受到家庭的、丈夫的和公婆的尊重。正是在这样一种环境里，小说里的上官鲁氏只好用这样一种方式来使自己得到生存的权利。这个人物的脉络，也是从《红高粱》里面的"我奶奶"一路延续下来的。"我奶奶"骨子里、本质上也是这样的人，她的那种敢做敢为也是这样的。

《丰乳肥臀》里的这个母亲对孩子的爱，是超越了利益和阶层的，这种大爱，也是人类能够生存下来的一个重要的保障。这种对于母性的充满敬畏的描写，我觉得是一个作家的良知的表现。这种伟大的母性，使女人比男人更包容，比男人更勇敢，比男人更镇静，也比男人更伟大，所以我是一个女性崇拜者。

　　我曾经看过冰心写的一篇散文，说她丈夫在医院住院，有一天院长突然打电话让她去。她去后发现丈夫躺在病床上，身上蒙了一张白床单。她的第一感觉是丈夫去世了。她二话没说抽身跑回家，煮了一大碗面条吃下去。因为她看到丈夫死了，马上想到家里有孩子有老人，她要安排丈夫的后事，要照顾悲痛的公婆和嗷嗷待哺的孩子，她不能垮掉，所以先煮一大碗面条吃上。后来她才知道丈夫只是用床单蒙着脸睡着了，院长给她打电话是让她安排丈夫出院。这个时候，她突然感觉到浑身没有力量了。

　　这是冰心讲自己的经历，她一见丈夫死了，没有放声大哭，没有晕倒，而是回家煮了一碗面条吃上。从艺术的角度看，这是一个反常的、不合情但是合理的细节，我们作家需要的就是这种东西，我们的电影、电视剧需要的也是这种看似反常但却非常有力量的细节，一部作品里，如果有几个这样的细节，人物就立起来了。

（2021年10月25日）

我保持年轻的秘诀

时光似箭,日月如梭。我在四年里,身高大概缩短了一厘米,头发减少了大约一千根,皱纹增添了大约一百条。偶尔照照镜子,深感到岁月的残酷,心中不由得浮起伤感之情。

在文学创作的道路上,我还是一个学徒。用写作这种方式,我可以再造自己的少年时光。用写作,我可以挽住岁月的车轮。写作,是我与时间抗衡的手段。我把岁月变成了小说,放在了自己的身边。时间过去了,我身边的小说会逐渐升高。从这个意义上说,写作者是可以忘记自己的年龄的。写作着的人,身体可以衰老,但精神可以永远年轻。

2000年冬天,我完成了长篇小说《檀香刑》,2001年春天出版。这部小说与我的诸多作品一样,引起了强烈的争议。喜欢的人认为这是一部伟大的作品,为21世纪的中国小说开辟了一条新的道路;不喜欢的人认为它毫无价值。争议的焦点,是小说中对施刑场面的详尽的描写。我在该书出版后,曾经接受过记者采访，劝诫优雅的女士不要读这本书。但后来的事实证明，许多优雅的女士读了这本书。她们不但没有做噩梦，也没有吃不下饭；反倒是许多貌似威猛的男士，发出了一片小儿女的尖叫，抱怨我伤害了他们的神经。由此可见，女人的神经比男人的神经更为坚强。有一个女士给我写信，说："我真想请你给我花心的丈夫施上檀香刑。"我回信说："亲爱的女士，你的丈夫花心固然可恨，但远远不到给他施檀香刑的程度；而且，这种野蛮的刑罚早已成为历史陈迹。另外，书中的人物，不能与作者画等号。"我虽然在书中写了一个残酷无情的刽子手，但在生活中，我是个善良懦弱的人，我看到杀鸡的场面，腿肚子都会哆嗦。

关于《檀香刑》中残暴场面的描写，我认为是必要的。这是小说艺术的必要，而不是我的心理需要。我想这样的描写之所以让某些人看了感到很不舒服，原因在于：这样的描写暴露了人类灵魂深处丑陋凶残的一面，当然也鞭挞了专制社会中统治者依靠酷刑维持黑暗统治的野蛮手段。

有一些批评者认为《檀香刑》是一本残暴的书，也有人认为这是一本充满了悲悯精神的书。后边的说法当然更符合我的本意。写这本书时，我经常沉浸在悲痛的深渊里难以自拔。我经常想：人为什么要这样呢？人为什么会这样呢？为什么要对自己的同类施以如此残忍的酷刑呢？许多看上去善良的人，为什么也会像欣赏戏剧一样，去观赏这些惨绝人寰的执刑场

不被大风吹倒

面呢？统治者和刽子手、刽子手和罪犯、罪犯和看客，他们之间到底是一种什么样的关系呢？——这些问题我很难解答，但我深深地体验到了这种困惑带给我的巨大痛苦。我认为这不仅仅是高密东北乡的困惑，甚至是全人类的困惑。是什么力量，使同是上帝羽翼庇护下的人类，干出如此令人发指的暴行？而且这种暴行，并不因为科技的进步和文化的昌明而消失。因此，这部看起来是在翻腾历史的《檀香刑》，就具有了现实的意义。

有人还说，《檀香刑》是一个巨大的寓言，我同意这种看法。是的，作为一种残酷的刑罚，檀香刑消失了，但作为一种黑暗的精神状态，却会在某些人心中长久地存在下去。我在写作这部小说的过程中，一会儿是施刑的刽子手赵甲，一会儿是受刑的猫腔戏班主孙丙，一会儿是处在政治夹缝中的高密县令钱丁，一会儿又是欲火中烧的少妇孙眉娘。在人生的道路上，每个人都会在不同的时刻，扮演着施刑人、受刑人或者是观刑人的角色。看完这部书，如果读者能从中体会到这三种角色的不同心境，从而引发对历史、对现实、对人性的思考，我的目的就算达到了。

写完《檀香刑》后，我写了一些短篇小说，我访问了美国、法国、瑞典、澳大利亚等国家……这两年里我写得很少，有许多次梦幻般的飞行。身处在万米高空，透过舷窗看到机翼下的团团白云和苍茫大地，我心中不时地浮起一阵阵忧伤的感

情。宇宙如此之大,人类如此之小;时空浩渺无边,人生如此短暂。但老是考虑这些问题也是自寻烦恼。

我想我的痛苦是因为我写了小说,解除痛苦的办法也只能是写小说。

(2003年10月)

读客当代文学文库

我的一天

  我知道立秋的节气已过,但秋后还有一伏,气温依然是灼热逼人,家家的空调机还在轰鸣着。在无事的情况下,我不会在中午这个时刻出门。我在这个时刻,多半是在床上午睡。我可以整夜地不睡觉,但中午不可以不睡觉。如果中午不睡觉,下午我就要头痛。

  我的午休时间很长,十二点上床,起床最早也要三点,有时甚至到了四点。等我迷迷瞪瞪地起来,用凉水洗了脸,下午的阳光已经把窗上的玻璃照耀得一片金黄了。起床之后,我首先要泡上一杯浓茶,然后坐在书桌前,点上一支烟,喝着浓茶抽着香烟。那感觉十分美妙,不可以对外人言也。

  喝着茶,抽着烟,我开始翻书。乱翻书,因为我下午不写作。我从来也没养成认真读书的习惯,拿起一本书,有时候竟然从后边往前看,感到有趣,再从头往后看。看一会儿书,我就站起来,心中感到有些烦,也可以叫无聊,就在屋里转圈,像一头关在笼子里的懦弱的野兽。有时就打开那台使用了十几年的电视机，我家这台电视机的质量实在是好得有点儿惹人烦。十几年了，天天用，画面依然清晰，声音依然立体，使你没有理由把它扔了。电视里如果有戏曲节目，我就会兴奋得浑身哆嗦。和着戏曲音乐的节拍浑身哆嗦，是我锻炼身体的一种方法。我一手捻着一个羽毛球拍子使它们快速地旋转着，身体也在屋子里旋转。和着音乐的节奏，心无杂念，忘乎所以，美妙的感受不可以对外人言也。

使我停止旋转的从来不是因为累，而是因为电视机里的戏曲终了；戏曲终了，我心抑郁。解决郁闷的方法是拉开冰箱找食物吃。冰箱前不久坏过一次，后来被我敲了一棍子又好了。一般情况下我总能从冰箱里找到吃的，实在找不到了，就去离家不远的菜市场采买。

在北京的秋天的下午，我偶尔去逛逛菜市场。以前，北京的四季，不但可以从天空的颜色和植物的生态上分辨出来，而且还可以从市场上的蔬菜和水果上分辨出来。中秋节前后，应时的水果是梨子、苹果、葡萄，也是各种甜瓜的季节。但现在的北京，由于交通的便捷和流通渠道的畅通，尤其是农业科技的进步，季节对水果的生长失去了制约。比如从前，中秋节时西瓜已经很稀罕，而围着火炉吃西瓜更是一个梦想。但现在，即便是大雪飘飘的天气里，菜市场上，照样有西瓜卖。世上的水果蔬菜实在是丰富得让人眼花缭乱无所适从；东西多了，好

读客当代文学文库

东西反而少了。

如果是去菜市场回来,我就在门口的收发室把晚报拿回家。看完晚报,差不多就该吃晚饭了。吃完了晚饭的事情,不属于本文的范围,我只写从中午到晚饭前这段时间里我所干的事情。

有时候下午也有记者来家采访我,有时候下午我在家里要见一些人,有朋友,也有不熟悉的探访者。媒体采访是一件很累人的事,但也不能不接受,于是就说一些千篇一律的废话。朋友来家,自然比接受采访愉快,我们喝着茶,抽着烟,说一些杂七拉八的话。有时候难免要议论同行,从前我口无遮拦,得罪了不少人。现在年纪大了,多了些世故,一般情况下不臧否人物,能说好话就尽量地说好话,不愿说好话就保持沉默,或者今天天气哈哈哈……

(2001年8月25日下午)

人活着，就是要在虚无之中找出意义

我们为什么活着？人生的意义是什么？

这两个问题太大了，我就试着用自己的方式来回答一下吧。历朝历代无数人都在探索和试图回答这两个问题，但我觉得没有确切的答案。我认为，构成我们身体的各种物质元素，竟然能以如此奇妙、绝对复杂、非常完美的方式，组成我们这样一个个有情感、有理想、有追求的鲜活的个体、鲜活的人。这就是极大的意义，这就是宇宙的意义，不仅仅是地球的意义。我们活着的终极意义，我觉得就是要探究宇宙和我们自身的奥秘。

我们为什么而活着？为了探究和解决为什么活着的问题而活着。

那活着太累、太痛苦怎么办？我的小说《生死疲劳》或许可以回答这个问题，书里引用了佛教《八大人觉经》里的几句话："生死疲劳，从贪欲起，少欲无为，身心自在。"

"生死疲劳，从贪欲起"，欲望越多，苦难越重，失望越

大。这也是佛教的一个基本观点。佛教要灭掉一切人的欲望，空即是色，色即是空，什么都是空的，六道轮回也是在一个很低级的阶段的轮回。六道之上的天道也还没到佛的境界，到了佛的至高无上的境界，一切都是空的。按照佛教的解释，即便是玉皇大帝，他这个天人的境界也还不是一个至高的境界。当然我们已经把它当作一种理论了，跟现实是不产生关系的。但是佛教毫无疑问又为中国老百姓提供了一种思想方法，看问题的方法，解脱自己的方法。

当你感觉到痛苦不可排解的时候，想想六道都是虚空，那也许痛苦的程度就会减轻一些。其实，从某些角度看，佛教也跟科学（天文学）高度融合。想想宇宙，我们的地球无非是宇宙当中的一粒微尘，在这粒微尘上的一切，功名利禄、是是非非又有什么价值？所以你想到在浩渺无边的宇宙里，能成为一个人就是巨大的幸运，即便是痛苦，也是我们作为一个人的体验。

很多伟大的科学家，到了晚年，都会相信一个类似上帝的存在。我看网络上流传着杨振宁先生对于上帝的解释，他说作为一个人形的上帝当然是不存在的，但是应该存在一种绝对的、至高无上的力量。因为他（杨振宁）研究得越精深，越感觉到奇妙——这是怎么设计的？必定有一个至高无上的设计者。我们现在发现的一切科学规律、数学定理，不是我们创造的，是它本身就存在的。很多物理学的原理，它本来就存在，无非是被发现了而已。这又跟佛教讲的东西融合到一块儿了，

读客当代文学文库

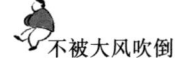

所以佛教作为一种思想方法，作为一种哲学，是有意义的。

在小说前头加上这么一段话，我觉得就把整个人类放到了一个宏大的环境里面，让人产生一种居高临下的读书视角。如果站在这样一个读书的视角、一种哲学的高度，来读《生死疲劳》，你也许就会产生一种深深的怜悯，你会感觉到无论是西门闹也好，蓝脸也好，洪泰岳也好，大家实际上都是一种悲剧的存在，大家都是值得同情、值得理解的对象。那么这样一种大的怜悯就会产生一种大的宽容，大的宽容就是对所有人的理解和同情，包括对自己的敌人的理解和同情。最终就会产生一种大爱，一种深切的对人的命运的关怀，一种真正的终极的关怀。

写之前，书名（《生死疲劳》）就定下了。大家都很辛苦，都很疲劳。当然，这个疲劳不是说那种体力劳动的疲劳，是精神的疲劳，也是存在的疲劳。出版社当时确实提出过一个建议，希望把题目改成《高密西门》。我还是坚持要用《生死疲劳》，我觉得这个题目比《高密西门》要大，这就是站在生命之上的一个总结了。

人世也好，六道也好，忙忙碌碌，辛辛苦苦，恩恩怨怨。那么最后，站在佛教的角度来讲，都是一场连梦幻都不是的空的、虚的东西。而人类，就是要在这虚和空里找出意义和价值。

（2021年9月27日）

平凡人该不该拥有远大理想

终其一生做一个平凡人，有错吗？

我想这个命题，本身不一定能够成立。

首先关于"平凡的人"，这个定义，我觉得每个人都有自己的理解。我认为大家都是平凡的人。许多人认为自己不平凡，那么就证明了他恰好是个平凡的人。真正不平凡的人，往往自认为是很平凡的。我觉得从本质上来讲，大家从事的职业可能不同，获得的财富多少可能不一样，在仕途上获得的职位有高有低，但是我想从人的基本尊严上来讲，从人的各种权利上来讲，大家都是平等的。没有一个人敢于当众标榜自己不平凡。

我想人都是有长有短的，有人可能在某个方面有特殊的才华、才能，每个人都有别人不具备的一些优点。从这个意义上来讲，发挥自己的长项，创造能让长项得到最大限度表现

不被大风吹倒

的机会，是非常重要的。我们只要努力做了，就是一个不平凡的人。

但即便我们成了被别人认为不平凡的人，我们心里面始终还应该认为自己是个平凡的人。这样，你自认为是个平凡的人，也许你真的就是个不平凡的人。

人要不要接受自己的平庸？

我不太喜欢"平庸"这个字眼，我更愿意用"平凡"来代替它。

我们的社会存在着形形色色的人，茫茫人海，千姿百态。有的富可敌国，有的生活难以为继；有的身处高位一呼百应，有的自己一个人默默无闻地做着平凡的小事。但是我想，只有这样，才构成一个社会。如果大家都去干高大上的工作，都不愿意做平凡的工作，这个社会就不存在了。而且即便是目前看起来身处高位的人，实际上也是从平凡做起的，也不是说一生下来他就不平凡。现在很多情况下，我们实际上是把平凡误当成平庸了。

"平庸"这个字眼，实际上是指一个人在做学问的时候、处理事情的时候，眼界不够高，见识不够精到，比较庸俗，这可以叫平庸。这当然是我们要努力改善的状态，要尽量使我们变得不平庸，尽量使我们变得有远见卓识，尽量使我们能够具备看透生活本质的能力，也尽量使我们的工作变得更有价值。

总之，我觉得要处理好"平凡"跟"平庸"的关系。我们绝不排斥平凡，但是我们确实要努力改善，使自己变得不平庸。

人为什么要努力？人生需要远大理想吗？

我觉得人生在世，还是需要努力的。

少壮不努力，老大徒伤悲。我们还是要利用青春年华，利用我们的身体、记忆最好的状态，努力学习，努力锻炼，使自己具备一种技能，掌握必要的知识，然后进入社会，创造更加美好的生活，为他人服务，也为自己的生活努力。

理想当然需要，每个人都有理想，每个人都有梦想。那什么是远大理想？我想也没有一个标准的答案。只要有理想，就去努力吧，有梦想，就去脚踏实地工作，争取使梦想变为现实。毫无疑问，人是需要理想的，我是这么看的。

（2022年4月18日）

一个人究竟早熟好还是晚熟好

有位年轻的朋友问了这样一个问题:"'晚熟的人'应该怎样用更通俗的话来理解,究竟是早熟好还是晚熟好?"

《晚熟的人》,实际上有很多复杂的社会历史背景。我小说里面提到的"晚熟的人",其实是指在当时的社会环境下,有人得不到施展才华的社会平台,他只能埋没在日常的、平凡的工作里,就像千里马在拉着卖盐的车一样。但是现在社会环境变好了,每个人施展自己才华的机会多了。这些在当初受到限制的人,他们的才华、智慧、聪明都表现出来了,就显得他当年很无用,后来突然变得晚熟了、成功了。这是我小说里面所描写的一类人物。

但是在现实生活当中,晚熟和早熟也可能是指一个人智力发育的不同特点。有的小孩,很小的时候就非常聪明,满口大人话,很早熟。有的小孩可能看起来比较木讷,反应比较迟钝,他要长很大才显现出聪明的、有才华的方面。我觉得这

不被大风吹倒

跟每一个人的发育过程、心理特征有关系，无所谓好，也无所谓坏。到底是早熟好呢，还是晚熟好呢，这个没有必要去比较。

有的时候，这还跟家族遗传有关系。我在农村的时候，有很多家族的孩子很小就很懂事、很聪明，但是长大后也没有干出多少了不起的事业。有的家族的孩子，小时候看起来好像比较迟钝，但是年龄越大，他的才能表现得越充分，反而能干出一些事情来。所以真是没有法子来评定，到底是早熟好还是晚熟好。

早熟和晚熟，我觉得应该是随遇而安，只要身体健康、精神愉快就是最好。

（2021年12月13日）

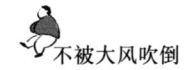

我人生中的低谷期，是这样熬过去的

我觉得我在二十岁之前一直处在低谷期。那个时候感觉到有希望，但实现希望的路径很窄，希望很渺茫，但是希望从来没有破灭，那就是要千方百计地走出去，到外面去看更加广大的世界，了解更多的信息。希望能够在广阔的世界里面学习知识，使自己具备一些新的才能，干出一些自己喜欢干的事情来。

我在开始创作之后，也面临过几次低谷。我印象最深刻的是在1990年的时候，我突然感觉不会写作了。那个时候我已经写完了《红高粱》《透明的红萝卜》这一系列小说，也写出了《天堂蒜薹之歌》《酒国》这些长篇，但我突然感觉我不会写了，我不愿意再重复自己，但是我又找不到新的写作突破点。

我记得那是一个暑假，我在高密的一个院落里面的葵花地里转来转去，反复地思考着，后来我终于寻找到了一个重新获得写作自信的方法：写小文章。我写了一系列精短的童年记忆

读客当代文学文库

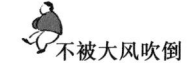

中的故事，有奇闻异事，有亲身经历，也有老人讲的神魔鬼怪的故事。通过这样一种对童年旧事、民间故事的写作，我重新恢复了写作的信心和勇气。

然后我又开始了之后几十年的探索。在后几十年里，人生的旅途小有曲折，但基本上还是平坦，没有经历过太多惊心动魄的、巨大的变化。有时候，身不由己地被放置在一个社会舆论的中心，被聚焦，被很多的人关注和议论。这个时候，我能够让自己安定下来的重要的、最基本的内心原则就是：

第一，不忘根本。我牢记自己是从哪里来的，不忘记我农村的、平凡的、普通人的出身。

第二，坚持原则。我形成了自己对事物的、对政治的、对社会的、对人生的、对情感的看法，所以无论别人说什么，我还是能够按照内心深处所认定的正确的原则来做。

所以我觉得，不管你经历了大风大浪，还是没有经历大风大浪，就是这八个字：不忘根本，坚持原则。

（2022年1月10日）

喧嚣与真实

一个人只有保持自己的真实面貌，才可能说真话，办实事，做好人。

要保持一个人的本来面貌还是挺不容易的，因为我们每个人都生活在社会当中，我们除了要跟自己的家人打交道之外，还要跟社会上各个阶层的人打交道。学生在学校跟老师和同学打交道，员工在家里面跟自己的家人打交道，在外也要跟公司的老板和同行打交道，这样的现实就迫使每一个人有几副面孔。无论多么坦诚朴实的人，在舞台上和卧室里都是不一样的，在公众面前和在家人面前，也是不一样的。我们能够做到的也只能是尽量地以本来的面貌见人。今天演讲的内容是"喧嚣与真实"，这个内容涉及社会生活的很多方面。社会生活总体上看是喧嚣的，喧嚣是热闹的，热闹是热情，是闹，是热火朝天，也是敲锣打鼓，是载歌载舞，是一呼百应，是众声喧哗，是望风捕影，是添油加醋，是浓妆艳抹，是游行集会，是

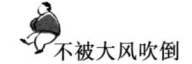

大吃大喝，是猜拳行令，是信口开河，是吸引眼球，是真假难辨，是莫衷一是，是鸡一嘴鸭一嘴，是拉帮结伙……确实是众声喧哗。

社会生活本来就是喧嚣的，或者说喧嚣是社会生活的一个方面，或者说是本来面貌。没有任何力量能让一个社会不喧嚣。当然了，我们冷静地想一想，从多个角度来考量一下，喧嚣也不完全是负面的。喧嚣也是社会进步的一种表现，因为原始社会里是不喧嚣的，我们去参观半坡遗址的时候，想象当时人们的生活场面，那肯定是不喧嚣的，一喧嚣把洪水猛兽引来了就有生命危险。回想漫长的封建社会，那个时候也是不喧嚣的。但是我们想象最近几十年来，是很喧嚣的，改革开放前几年比较安静，但是最近十几年来越来越喧嚣，这种喧嚣有的是有声的，是在大街上吵架，或者是拳脚相加，有时候是无声的，是在网络上互相对骂。我想，面对这样的社会现象，必须客观冷静地对待，既不能说它不好，也不能说它很好，所以这样一种现象，就像我刚才说的，实际上也有正反两个方面。我们作为一个生活在社会生活中的个体，应该习惯喧嚣，我们要具备习惯喧嚣跟发现正能量的能力，我们也要具备从喧嚣中发现丑恶的清醒。要清醒地认识到，喧嚣就是社会生活的一个方面，而使我们的社会真正能够保持稳定进步的是真实，因为工人不能只喧嚣不做工，农民不能只喧嚣不种地，教师不能只喧嚣不讲课，学生不能只喧嚣不上课。也就是说，我们这个社会

读客当代文学文库

生活中的大多数人还是要脚踏实地地、实事求是地老老实实做人，踏踏实实做事，否则只喧嚣没饭吃。

关于真实，我想也是更加重要的社会基础，真实不仅仅是一个社会的本来面貌，也是事实的本来面貌。有时候喧嚣会掩盖真实，或者说是会掩盖真相，但是大多数的情况下，喧嚣不可能永远掩盖真相，或者说不能永远掩盖真实。下面我讲四个故事，来证明我这个论点。

第一个故事大概发生在20世纪70年代的时候。我的一个闯关东的邻居回来了，他在村子里面扬言发了大财，说他去深山老林里面挖到了一棵人参，卖了几万元人民币，从村子东头吹到西头，又从西头吹到东头。村民们争先恐后地请他吃饭，因为大家对有钱人和有经历的人还是很尊敬的。我们家当然也不能免俗，我们把他请来，坐在炕头上吃饭。他穿了一件在当时的农民眼里很漂亮的黑呢子短大衣，即便坐在热炕头上满头是汗，他也不脱下这件大衣。我奶奶发现他脖子上有一只虱子，便用手指将虱子捏下来，于是他的喧嚣就被虱子给击破了，因为一个真正有钱的人是不会生虱子的，过去人讲说"穷生虱子富生疖子"，我们知道他并没有发财，尽管他穿着呢子短大衣，但是他的内衣很破烂。又过了不久，这个人的表弟也回来了，也穿了一件同样的呢子短大衣。我奶奶说，你这件大衣跟你表哥的那件很像。他说我表哥就是借了我的。事实又一次击破了前面那个人喧嚣的谎言。

第二个故事是我在检察日报工作期间，曾经了解和接触了一些贪官的案件。其中某地有一个贪官，他平常穿着朴素，上下班骑自行车，给人一种非常廉洁的外观印象。他每次开会都要大张旗鼓、义正词严地抨击贪污腐败。过了不久，检察院从他床下面搜出了几百万元人民币。所以真实就把这个贪官关于廉洁、关于反腐败的喧嚣给击破了，事实胜于雄辩。

第三个就是我的亲身经历。2011年我在故乡写作，有一次到集上闲逛，一个卖桃子的人认出了我，说，你怎么还要来买桃呢？他点着我们市委书记的名字说，让某某某给你送一车不就行了吗，你不是当官的吗？我说，我不是当官的。他马上说，那是得花钱买。我买了他五斤桃子。我说桃子甜吗？他说太甜了，新品种。我说你给我给够秤，他说放心。结果回家一称，桃子只有三斤多一点儿，他亏了我将近两斤秤。桃子又酸又涩。真实又一次把卖桃人的喧嚣给击破了。

第四个故事也是我的亲身经历，就是不久前的中考，我有一个亲戚，经常见，每次见他，他都义愤填膺地痛骂腐败，咬牙切齿，怒发冲冠。今年他的儿子参加中考，离我们县最好中学的录取分数线差了五分，他就找到我了，说，就差了五分，你找一找人，让他去。我说现在谁还敢，反腐败的呼声如此高。他说我不怕花钱，我有钱。我说你让我去送钱，这不是让我去行贿吗？这不是腐败吗？你不是痛恨腐败吗？现在你这样做不是让我帮着制造新的贪官污吏吗？他说这是两码事，这

不被大风吹倒

是我的孩子要上学了。这个真实也把亲戚反对腐败的喧嚣给击破了。

我对这四个故事的主人公没有任何讥讽嘲弄的意思，我也理解他们，同情他们。假如我是我的那位亲戚，我的孩子今年中考差了几分，上不了重点中学，也许我也要想办法去找人。为什么会出现这种现象？为什么大家在不涉及自己切身利益和家庭问题的时候，都是正派、刚强、廉洁的人，而一旦我们碰到了这样的事情，尤其是涉及了孩子的事情，我们的腰立刻就软了，我们的原则立刻就不存在了，我想这有人性的弱点，也有社会的缺陷。我讲这四个故事没有讥讽意义，而是要通过这四个故事来反省，让每个人在看待社会问题的时候，在面对社会喧嚣的时候，能够冷静地想一想喧嚣背后的那一面。

我是一个写小说的，说得好听点儿是一个小说家。在小说家的眼里，喧嚣与真实都是文学的内容。我们可以写喧嚣，但是我认为，应该把更多的笔墨用到描写真实上。当然了，小说家笔下的真实，跟我们生活中的真实是有区别的，是不一样的，它也可能是夸张的，也可能是变形的，也可能是魔幻的，但是我想夸张、变形和魔幻实际上是为了更加突出真实的存在和真实的力度。总而言之，面对当今既喧嚣又真实、万象纷纭的社会，一个作家应该坚持这样几个原则，或者说几个方法，来面对社会现实。首先，我们要冷静地观察，要透过现象看本质。我们过去说，要研究一个人，就是要听其言观其行，我们要察言观色，观察会让你获得外部的大量信息。然后，我们要运用逻辑来进行分析，我们要考量现实，我们也要回顾历史，我们还要展望未来。最后，通过分析得到判断，然后在这样的观察、分析、判断的基础上，展开我们的描写，给读者一个丰富的文学世界。

（2014年8月19日）

再谈悠慢

2011年12月,在日本北九州举办的中日韩东亚文学论坛上,我发表了一篇题为《悠着点,慢着点》的演讲,演讲的副标题"贫富与欲望"是这次论坛给定的议题之一。这篇演讲当时参加会议的人一听而过,并未引起什么反响,因为其他作家演讲中涉及的问题远比我演讲中的问题尖锐。但想不到几年后,这篇演讲又被提及,说好的有,说不好的也有,反倒成了一篇热文。其实,我明白,一篇旧文重获关注,并不是因为文章好,而是因为文章中涉及的问题的确是当今社会的热点,甚至比过去更热。也就是说,我在文章中呼吁科学理性发展——科学的理性与理性的科学——呼吁人们尤其是富人克制欲望,听起来或看上去都还很过瘾,但到了现实生活中,那就完全是另一回事了。就像所有人都明白,尖端科技不先用于改善民生而先用于制造武器,是科学的异化,但世界上大多数国家都在这样做着,或者说,即便是大多数国家都有放马南山铸剑为犁的美好愿望，但只要有一个国家明着或是暗中把最尖端的科学用于研究制造杀人武器，那就没有一个国家会真的去放马毁剑。按说这都是涉及地球命运以及人类未来的大事，用不着庶民去操心，但庶民的操心也许会聚集成一种力量，影响到非庶民的阶层有所改变。当然，这些都是宋襄公式的仁义与小文人的幼稚，当然也就是废话了。

"寅吃卯粮"是老成语，"吃了今天不管明天"是民间的老俗话，这些话对有正常思维的人应有警诫作用，但对本身就处在破罐破摔状态的人或群体是毫无作用的。我们生活在一个动荡不安、瞬息万变的时代，想躲进小楼不管冬夏春秋的可能性其实不大。为什么可能性不大，这道理我不说大家也明白。既然躲不进小楼，那就需要在外边经风雨、见世面、拼搏、求生存，在这样的环境与状态下，谈悠说慢，其实是瞎忽悠。悠，悠然见南山，那要有吃的有喝的，才能悠然得了；如果家无过夜粮，身无蔽寒衣，那就只能紧着跑，快着干，挣钱养家，像那些快递小哥一样，在车流夹缝中，在大街小巷里，在楼梯过道上，一溜烟儿地奔跑。

所以，我那篇演讲，其实是一通正确的废话，没有一丁点儿的可操作性。既不会有政治家因为看了我的文章削减军费，也不会有富豪读了我的文章慷慨捐钱，更不会使奢侈品牌店关门。这样的正确的废话是否一点儿价值都没有呢？好像也不能这样说，文章可以弘扬天地运行之道，可以研讨治国安邦

读客当代文学文库

之策，可以探究世道人心之变，当然也可以发跺脚捶胸之牢骚。当然，如果能把正确的废话说得让人在读后短暂的时间里有所认同，那废话也就不全是废话了。

在这个一切都呈现着重力加速度状态的宇宙里，飞腾与堕落其实是一回事，动与静也是相对而言，如果一个人别说是把宇宙间的事即便是把地球上的事都想明白了，那活着也就没有什么意义了。正因为大家都处在既明白又不太明白的境界里，才有了这么多的道德准则、价值标准、是是非非、痛苦欢乐。活着的意义就在于知道人必有一死，奋斗的意义就在于奋斗可以证明人也可以不奋斗。

我已经把大家绕糊涂了吧？不管读者诸君是否被绕糊涂了，反正我自己基本上是糊涂了。就用前几天我写给朋友的一幅字权充此文结尾吧：

"知道万事皆空，所以分秒必争。"

（2024年9月23日）

说　风

2022年"五四"前夕,我曾在公众号上向年轻的朋友们寄语,希望大家不要被大风吹倒。这里的大风当然是象征意义的,本意是希望大家鼓起勇气,敢于面对困难,挑战困难,最终战胜困难。当然,很有可能战胜不了困难,甚至被困难战胜,但战一战还是比不战而屈服好。

十几年前,我初获诺贝尔文学奖时,社会关注度很高,说好的有,说不好的也有,一时议论纷纷,莫衷一是。那时,我曾对媒体表达过我的态度:"心如巨石,八风不动。"

"八风"一词来自佛家哲学,是指能使人心神不定的八种情境,分别为:利、衰、毁、誉、称、讥、苦、乐。"利"是遇到可意顺心之事。"衰"是失去可爱之物、适意之境。"毁"是遭人背后诽谤。"誉"是背后称赞。"称"是当面赞美。"讥"是被人讽刺、挖苦、谩骂、攻击。"苦"是痛苦、艰难,精神的与肉体的。"乐"是欢娱,肉体的与精神的。这四种顺境与四种逆境，犹如大风，从不同方向吹来，能使人心神不安、左顾右盼、进退维艰、犹豫徘徊，或者喜形于色、猖狂自满、得意忘形、失态败德。但如果有了足够好的修养，便会有超常的定力，做到宠辱不惊、毁誉随人。

这些道理说起来容易，但真要实行起来很难。懂得这些道理的人千千万，但真能做到"八风不动"的却是凤毛麟角。

民间文学中曾流传着苏东坡与佛印禅师的故事。说苏东坡被贬谪后修炼佛学，自觉境界大进，便写了五个字让书童给好友佛印送去。佛印看到纸上写着"八风吹不动"五个字，便回了两个字"放屁"，让小和尚给苏东坡送去。苏东坡看了，很是生气，便去找佛印理论。佛印笑着说："你不是'八风吹不动'吗？怎么叫个屁给吹过来了？"这故事大半是假的，但也说明了一个人要修炼到"八风不动"是十分困难的。

我小时候听邻居大叔讲过邻村一位高人许大爷的故事，说许大爷赶集时，买了个瓦盆，用绳子捆好，背着往家走，几个小孩子在他身后追逐打闹，不慎撞碎了他的瓦盆，瓦片纷纷落地。许大爷继续往前走，好像什么事都没发生一样。旁人问他盆被碰碎，为什么连头都不回，他说："回头难道就能囫囵起来吗？"当年听到这个故事，我没什么感觉，现在回想起来，许大爷的话很有哲理，许大爷的表现很有境界，盆已经碎了，回头有何用？事情已经发生且无法改变，纠缠徒增烦恼，那就不如径直往前走去。

读客当代文学文库

写到这里，我刷了一会儿视频，看到海南岛正遭受着十七级台风的袭击。那是真正的暴风骤雨，拔树摇楼，惊天动地。这样的大风蕴含着多大的能量啊！人类在发明蒸汽机、发明电之前，就开始借助风的力量做工，让风催动叶片，带动轮轴转动石磨，粉碎粮食。渔民则发明了帆，让风驱动船在大海上航行。20世纪70年代，我们村有几个拉地排车搞运输的人，他们在地排车上扎制了简单的帆篷，借助风的力量，使地排车如船般行进。借风发电，借风乘凉，甚至借风打仗。人类的进步史，很大一部分是利用风的历史。尽管龙卷风、台风有巨大的破坏力，但地球上没了风，一切也就无法运转了。

前不久余华写了一篇关于风的文章，让我在公众号上发表。为了推介他这篇美文，我重温了宋玉的《风赋》，其中有一句"快哉此风"，被我改成"妙哉此风"作了推介文章的题目。赋中还有句"空穴来风"，已成为使用很广泛的成语。这篇传承千古的妙文让我感慨万分，我所感慨的并非这些个成语，而是我们已经失去了制造成语的能力与机会。鲁迅他们那辈人，还能够制造出一些成语，而我们这一代作家，好像鲜有成语的制造者了。网络上倒是经常会出现一些流行词，但这些新词都比较短命，流行一阵就被弃之不用了。

宋玉在《风赋》中忽悠楚襄王，将风分为大王之雄风和庶人之雌风。动物分公母，植物有雌雄，但将风分为雌雄，这想象力也是登峰造极。他的文章里出现多个被人当成词语广泛使用的词，也就不足为奇了。

我从视频中看到，在这次"摩羯"台风中，有几位勇敢者想出去试试风的威力，虽然他们极力想站稳脚跟，不被风吹倒，但在能把集装箱都刮得遍地翻滚的台风中，人的重量，又如何能与风抗衡。他们幸亏抱住了大树才没被刮走。

面对着这样的事实，我那句"不被大风吹倒"的寄语，显然是不正确的。如果当年我与爷爷遇到的是"摩羯"，我们很可能被刮到爪哇国去了，哪里还轮得着我在这里东拉西扯，喋喋不休。

王姓是中国姓氏中数一数二的大姓，琅邪王氏是其中重要一支。王羲之、王渔洋都出自该支。之所以要说这些，主要是想说山东新城[1]琅邪王氏始祖王贵的太太初氏，被一阵风从诸城吹到了新城的神奇故事。王渔洋是新城琅邪王氏的第八代。那位被风刮来的初氏夫人，就是王渔洋的远祖奶奶。也就是说，新城琅邪王氏成群结队的子孙，都是这位奶奶的后代。据王渔洋的家谱记载，始祖王贵在锄地时，狂风大作，有一位女子从半空中降落，一问，竟是诸城同村人，且少时即由双方父母定为"娃娃亲"，这真是巧他爹遇见巧他娘——太巧了。他们在东家的操持下成婚、落户，繁衍后代。诸城到新城，有四百多华里，不算远，但也不算近，一阵风能把一个大活人吹来，落地后毫发无伤，且头脑清楚，这故事听起来很玄乎，但既然如王渔洋这样的大文学家都这样说，我们也就相信了吧。

---

[1] 今山东淄博桓台县。——编者注

最后，我讲个"风浴"的故事来结束这东拉西扯的小文章吧。我说的当然不是现代那些使用精密设备或生产精密仪器的工厂里对工作人员身体进行除尘的风浴室，我说的是几十年前在我们村前那道沙梁上的一个风口。至于什么原因让这个地方的风特别强烈，我不知道，但我们都知道这里是一个风口。每年的二月初二"龙抬头"后不久，乍暖还寒时节，我们一群七八岁、十来岁的男孩子，会在一个东南风大作的日子，不约而同地集合在沙梁的最高处，将穿了一冬的破棉袄脱下来，挂在酸枣树枝上。当时，大多数孩子的棉袄里是不套衣裳的，不是不想套，确实是没的套，那么，脱了棉袄也就是光着脊梁了。那些在棉袄里还套着一件单衣的，也立刻脱下来。大家都光着脊梁，然后迎着风，拍打着胸膛，摩挲着脸、脖子与手能够得着的地方，嗷嗷叫着，十分地亢奋。在风里，肯定会有存了一冬天的灰垢与皮屑飞舞，但我们看不见。然后便把棉裤也脱了，大家又是一阵狂叫。在愈加嚣张的叫声中，都放下一切思想包袱，解放身心于天地之间，于略带潮气、似乎带着海洋气息的东南风里。这样的风是好风，是能够带来贵如油的春雨的风，也是能让渔民乘着去远航的风。这样的风如果被宋玉一描写，天知道会美成什么样子啊！我们在风中追逐着，打闹着，喊叫着，感觉到整个人都清爽了，然后便穿上衣服回家去。

（2024年9月8日）

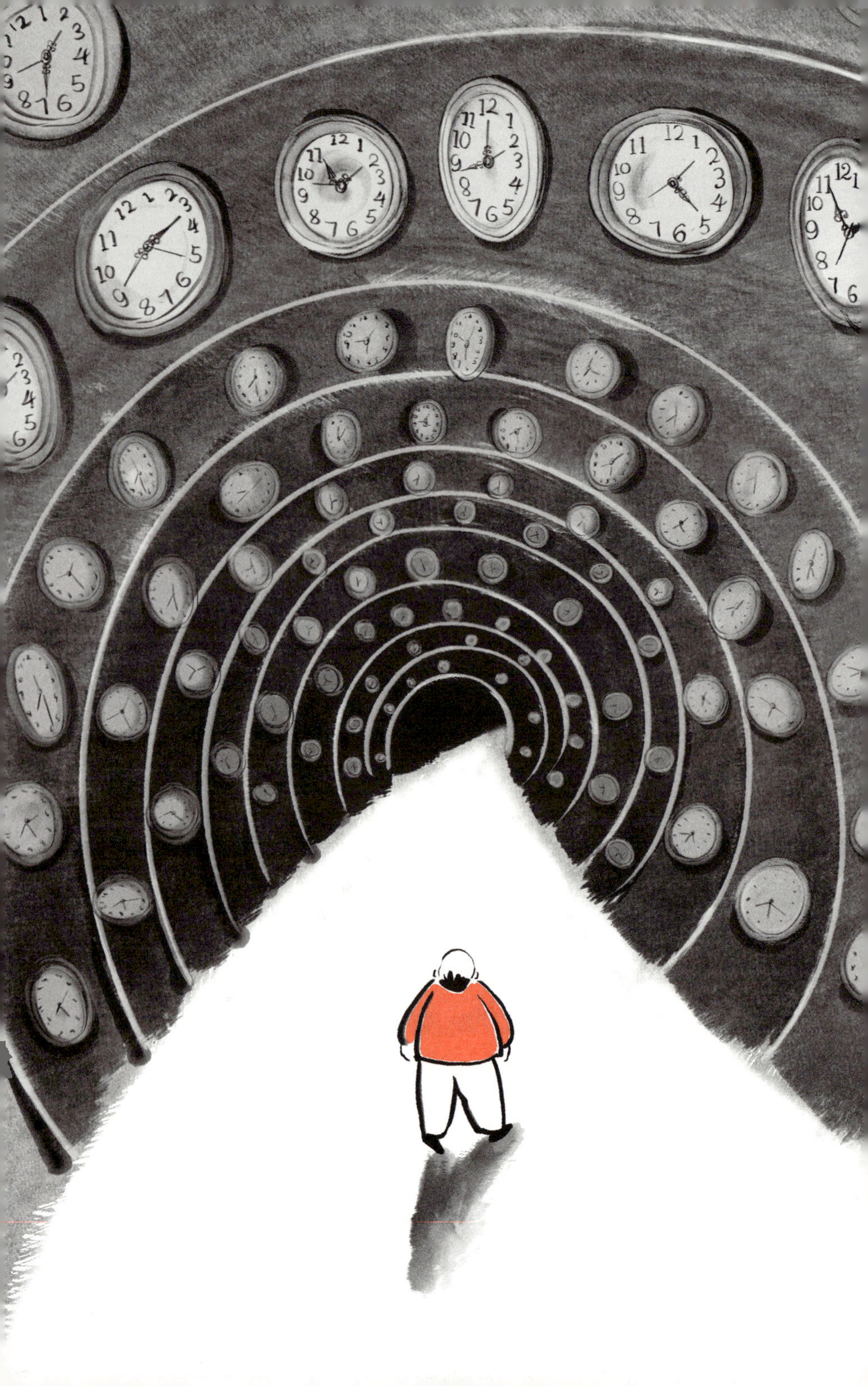

第三章

当年为之流泪的地方,
如今依然为之流泪。

读客当代文学文库

过去的年

我小的时候特别盼望过年。往往是一过了腊月涯，就开始掰着指头数日子，好像春节是一个遥远的、很难到达的目的地。对于我们这种焦急的心态，大人们总是发出深沉的感叹，好像他们不但不喜欢过年，而且还惧怕过年。他们的态度令当时的我感到失望和困惑，现在我完全能够理解了。小孩子可以兴奋地说：过了年，我又长大了一岁。但老人们则叹息：嘻，又老了一岁。

过年意味着小孩子正在向自己生命过程中的辉煌时期进步，而对于大人，则意味着正向衰朽的残年滑落。

熬到腊月初八，是盼年的第一站。这天的早晨要熬一锅粥，粥里要有八样粮食——其实只需七样，不可缺少的大枣算一样。据说在1949年前的腊月初八凌晨，庙里或是慈善的大户都会在街上支起大锅施粥，叫花子和穷人们都可以免费喝。我曾经十分向往这种施粥的盛典，想想那些巨大无比的锅,支设在露天里,成麻袋的米、豆倒进去,黏稠的粥在锅里翻滚着,鼓起无数的气泡,浓浓的香气弥漫在凌晨清冷的空气里。一群手捧着大碗的孩子排着队焦急地等待着,他们的脸冻得通红,鼻尖上挂着清鼻涕。为了抵抗寒冷,他们不停地蹦跳着,喊叫着。我经常幻想我就在等待着领粥的队伍里,虽然饥饿,虽然寒冷,但心中充满了欢乐。后来我在作品中,数次描写了我想象中的施粥场面,但写出来的远不如想象中的辉煌。

过了腊八再熬半月,就到了辞灶日。我们那里也把辞灶日叫作小年,过得比较认真。早饭和午饭还是平日里的糙食,晚饭就是一顿饺子。为了等待这顿饺子,我早饭和午饭吃得很少。那时候我的饭量大得实在是惊人,能吃多少个饺子就不说出来吓人了。辞灶是有仪式的,那就是在饺子出锅时,先盛出两碗供在灶台上,然后烧半刀[1]黄表纸,把那张灶马也一起焚烧。焚烧完毕,将饺子汤淋一点儿在纸灰上,然后磕一个头,就算祭灶完毕。这是最简单的。比较富庶的人家,则要买来些关东糖供在灶前,其意大概是让即将上天汇报工作的灶王爷尝点儿甜头,在上天面前多说好话。也有人说是用关东糖粘住灶王爷的嘴。这种说法不近情理——你粘住了他的嘴,坏话固然是不能说了,但好话不也说不了了嘛!

---

[1] 纸的计量单位,现在一刀纸指一百张纸。——编者注

读客当代文学文库

祭完了灶，就把那张从灶马上裁下来的灶马头贴到炕上，所谓灶马头，其实就是一张农历的年历表。一般都是拙劣的木版印制，印在最廉价的白纸上。最上边印着一个小方脸、生着三绺胡须的人。当年我就感到灶王爷这个神祇的很多矛盾之处，其一就是他经年累月地趴在锅灶里受着烟熏火燎，肯定是个黑脸的汉子，但灶马头上的灶王爷脸很白。

过了辞灶日，春节就迫在眉睫了。但在孩子的感觉里，这段时间还是很漫长。终于熬到了年除夕，家里的堂屋墙上，挂起了家堂轴子，轴子上画着一些冠冕堂皇的古人，还有几个戴着瓜皮小帽的小崽子模样的孩子，正在那里放鞭炮。

那时候不但没有电视，连电都没有，吃过晚饭后还是先睡觉。睡到三星正晌时被母亲悄悄地叫起来。起来穿上新衣，感觉特别神秘、特别寒冷，牙齿嘚嘚地打着战。家堂轴子前的蜡烛已经点燃，火苗颤抖不止，照耀得轴子上的古人面孔闪闪发光，好像活了一样。院子里黑得伸手不见五指，仿佛有许多的高头大马在黑暗中咀嚼谷草——如此黑暗的夜再也见不到了，现在的夜不如过去黑了。这是真正开始过年了。这时候绝对不许高声说话，即便是平日里脾气不好的家长，此时也柔声细语。至于孩子，头天晚上母亲已经反复地叮嘱过了，过年时最好不说话，非得说时，也得斟酌词语，千万不能说出不吉利的话，因为过年的这一刻，关系到一家人来年的运道。做年夜饭不能拉风箱——呼啦呼啦的风箱声会破坏神秘感——因此要烧最好的草、棉花柴或者豆秸。我母亲说，年夜里烧棉花柴，出刀才；烧豆秸，出秀才。秀才嘛，是知识分子，有学问的人，但刀才是什么，母亲也解说不清。大概也是个很好的职业，譬如武将什么的，反正不会是屠户或者刽子手。因为草好，灶膛里火光熊熊，把半个院子都照亮了。锅里的蒸汽从门里汹涌地扑出来。白白胖胖的饺子下到锅里去了。每逢此时我就油然地想起那个并不贴切的谜语：从南来了一群鹅，扑棱扑棱下了河。饺子熟了，父亲端起盘子，盘子上盛了两碗饺子，往大门外走去。男孩子举着早就绑好了鞭炮的杆子紧紧地跟随着。父亲在大门外的空地上放下盘子，点燃了烧纸后，就跪下向四面八方磕头。男孩子把鞭炮点燃，高高地举起来。在震耳欲聋的鞭炮声中，父亲完成了他的祭祀天地神灵的工作。回到屋子里，母亲、祖母们已经欢声笑语了。神秘的仪式已经结束，接下来就是活人们的庆典了。在吃饺子之前，晚辈们要给长辈磕头，而长辈们早已坐在炕上等待着了。我们在家堂轴子前一边磕头一边大声地报告着被磕者：给爷爷磕头，给奶奶磕头，给爹磕头，给娘磕头……长辈们在炕上响亮地说着："不用磕了，上炕吃饺子吧！"晚辈们磕了头，长辈们照例要给一点儿磕头钱，一毛或是两毛，这已经让我们兴奋得雀跃了。年夜里的饺子是包进了钱的。现在想起来，那硬币脏得厉害，但当时我们根本想不到这样奢侈的问题。我们盼望着能从饺子里

不被大风吹倒

吃出一个硬币，这是归自己所有的财产啊，至于吃到带钱饺子的吉利，孩子们并不在意。

过年时还有一件趣事不能不提，那就是装财神和接财神。往往是你一家人刚刚围桌吃饺子时，大门外就起了响亮的歌唱声："财神到，财神到，过新年，放鞭炮。快答复，快答复，你家年年盖瓦屋。快点拿，快点拿，金子银子往家爬……"听到门外财神的歌唱声，母亲就盛上半碗饺子，让男孩送出去。扮财神的，都是叫花子。他们有的提着瓦罐，有的提着竹篮，站在寒风里，等待着人们的施舍。这是叫花子们的黄金时刻，无论多么吝啬的人家，这时候也不会舍不出那半碗饺子。那时候我很想扮一次财神，但家长不同意。我母亲说过一个叫花子扮财神的故事。说一个叫花子，大年夜里提着一个瓦罐去挨家讨要，讨了饺子就往瓦罐里放，感觉已经要了很多，想回家将百家饺子热热，自己也过个好年，待到回家一看，小瓦罐的底儿不知何时冻掉了，只有一个饺子冻在了瓦罐的边缘上。叫花子不由得长叹一声，感叹自己的命运实在是糟糕，连一瓦罐的饺子都担不上。

现在，如果愿意，饺子可以天天吃，没有了吃的吸引，过年的兴趣就去了大半。人到中年，更感到时光的难留，每过一次年，就好像敲响了一次警钟。没有美食的诱惑，没有神秘的气氛，没有纯洁的童心，就没有过年的乐趣，但这年还是得过下去，为了孩子。我们所怀念的那种过年，现在的孩子不感兴趣,他们自有他们的欢乐的年。

时光实在是令人感到恐慌,日子像流水一样一天天滑了过去。

(1999年)

我和羊

羊的种类繁多，形态各异，但给我印象最深的是绵羊。

二十年前，有两只绵羊是我亲密的朋友，它们的模样至今还清晰地印在我的脑海里。那时候，我是什么模样已经无法考证了。因为在当时的农村，拍照片的事是很罕见的；六七岁的男孩，也少有照着镜子看自己模样的。据母亲说，我童年时丑极了，小脸抹得花猫绿狗，唇上挂着两条鼻涕，乡下人谓之"二龙吐须"。母亲还说我小时候饭量极大，好像饿死鬼托生的。去年春节我回去探家，母亲又说起往事。她说我本来是个好苗子，可惜正长身体时饿坏了坯子，结果成了现在这个弯弯曲曲的样子。说着，母亲就泪眼婆娑了。我不愿意看着母亲难过，就扭转话题，说起那两只绵羊。

记得那是一个春天的上午，家里忽然来了一个衣衫褴褛的老头。我躲在门后，好奇地看着他，听他用生疏的外地口音和爷爷说话。他从怀里摸出了两个茅草饼给我吃。饼是甜的，吃到口里沙沙响。那感觉至今还记忆犹新。爷爷让我称那老头为二爷。后来我知道二爷是爷爷的拜把子兄弟,是在淮海战役时送军粮的路上结拜的,也算是患难之交。二爷问我:"小三,愿意放羊不?"我说:"愿意!"二爷说:"那好,等下个集我就给你把羊送来。"

二爷走了,我就天天盼集,还缠着爷爷用麻皮拧了一条鞭子。终于把集盼到了。二爷果然送来了两只小羊羔,是用草筐背来的。它们的颜色像雪一样,身上的毛打着卷儿。眼睛碧蓝,像透明的玻璃珠子。小鼻头粉嘟嘟的。刚送来时,它们不停地叫唤,好像两个孤儿。听着它们的叫声,我的鼻子很酸,眼泪不知不觉地就流了出来。二爷说,这两只小羊羔才生出来两个月,本来还在吃奶,但它们的妈不幸死了。不过好歹现在已是春天,嫩草儿已经长起来了,只要精心喂养,它们死不了。

当时正是20世纪60年代初,生活困难,货币贬值,市场上什么都贵,羊更贵。虽说爷爷和二爷是生死朋友,但还是拿出钱给他。二爷气得山羊胡子一撅一撅的,说:"大哥,你瞧不起我!这羊,是我送给小三耍的。"爷爷说:"二弟,这不是羊钱,是大哥帮你几个路费。"二爷的老伴儿刚刚病死,剩下他一个人无依无靠,折腾了家产,想到东北去投奔女儿。他哆嗦着接过钱,眼里含着泪说:"大哥,咱弟兄们就这么着了……"

读客当代文学文库

小羊一雄一雌,读中学的大姐给它们起了名字,雄的叫"谢廖沙",雌的叫"瓦丽娅"。那时候中苏友好,学校里开俄语课,大姐是他们班里的俄语课代表。

我们村坐落在三县交界处。出村东行二里,就是一片辽阔的大草甸子。春天一到,一望无际的绿草地上,开着繁多的花朵,好像一块儿大地毯。在这里,我和羊找到了乐园。它们忘掉了愁苦,吃饱了嫩草,就在草地上追逐跳跃。我也高兴地在草地上打滚儿。不时有在草地上结巢的云雀被我们惊起,箭一般射到天上去。

谢廖沙和瓦丽娅渐渐大了,并且很肥。我却还是那样矮,还是那样瘦。家里人都省饭给我吃,可我总感到吃不饱。每当我看到羊儿的嘴巴灵巧而敏捷地采吃嫩草时,总是油然而生羡慕之情。有时候,我也学着羊儿,啃一些草儿吃。但我毕竟不是羊,那些看起来鲜嫩的绿草,苦涩难以下咽。

有一天,我无意中发现谢廖沙的头上露出了两点粉红色的东西,不觉万分惊异,急忙回家请教爷爷。爷爷说羊儿要长角了。我对谢廖沙的长角很反感,因为它一长角就变得很丑。

春去秋来,谢廖沙已经十分雄伟,四肢矫健有力,头上的角已很粗壮,盘旋着向两侧伸去。它已失去了俊美的少年形象,走起路来昂着头,一副骄傲自大的样子。我每每将它的脑袋往下按,想让它谦虚一点儿。这使它很不满,头一摆,就把我甩出去了。瓦丽娅也长大了。它很丰满,很斯文,像个大闺女。它也生了角，但很小。

我的两只羊在村子里有了名气。每当我在草地上放它们时，就有一些男孩子围上来，远远地观看谢廖沙头上的角，并且还打赌：谁要敢摸摸谢廖沙的角，大家就帮他剜一筐野菜。有个叫大壮的逞英雄，蹑手蹑脚地靠上去，还没等他动手，就被谢廖沙顶翻了。我当然不怕谢廖沙。只要我不按它的脑袋，它对我就很友好。我可以骑在它背上，让它驮着我走好远。

有好事者劝爷爷把羊卖了，说每只能卖三百元。听到这消息，我怕极了，也恨极了。天黑了，不回家，想和羊在草地上露宿。爷爷找到我们，说："放心吧，孩子，我们不卖。你好不容易将它们养大，我们怎么舍得卖？"

在草地上放牧着的还有国有农场一群羊。其中一只头羊，听说是从新疆那边弄来的。那家伙已经有六七岁了，个头比谢廖沙还要大一点儿。那家伙满身长毛脏成了黄褐色，两只青色的角像铁鞭一样在头上弯曲着。那家伙喜欢斜着眼睛看人，样子十分可怕。我对这群羊向来是避而远之。不想有一天，我的两只羊却违背我的意愿，硬是主动地和那群羊靠拢了。那个牧羊人看上去有二十七八岁，穿着一身邋遢的蓝布学生装，鼻梁上架着"二饼"，一张小瘦脸白惨惨的，像盐碱地似的。这人很热情地对我说："小孩，你这两只羊放得不错！"我骄傲地扬起头。他又说："可惜品种不好，如果你这只母羊能用我们这只新疆种羊交配，生出的小羊保证好。"说着，他指了指那只丑陋的老公羊。我急忙想把我的羊赶走,但是已经晚了。那只老公羊看见了瓦丽娅,颠颠地凑了上来。它肮脏的鼻子在瓦丽娅身后嗅着,嗅一嗅就屏住鼻孔,龇牙咧唇,向着天,做出一副很流氓的样子来。瓦丽娅夹着尾巴躲避它,但那家伙跟在后边穷追不舍。我挥起鞭子愤怒地抽打着它,但是它毫不在乎。这时,谢廖沙勇敢地冲上去了。老公羊是角斗的老手,它原地站住,用轻蔑的目光斜视着谢廖沙,活像一个老流氓。第一个回合,老公羊以虚避实,将谢廖沙闪倒在地。但谢廖沙并不畏缩。它迅速地跳起来,又英猛地冲上去。它的眼睛射出红光,鼻孔张大,咻咻地喷着气,好像一匹我想象中的狼。老公羊不敢轻敌,晃动着铁角迎上来,一声巨响,四只角撞到一起,仿佛有火星子溅出来。接下来它们展开了恶斗,只听到乒乒乓乓地乱响,一大片草地被它们的蹄子践踏得一塌糊涂。最后,两只羊都势衰力竭,口里嚼着白沫,毛儿都汗湿了。战斗进入胶着状态。四只羊角交叉在一起。谢廖沙进三步,老公羊退三步;老公羊进三步,谢廖沙退三步。我急得放声大哭。大骂老公羊,老公羊不理睬。大骂牧羊人,牧羊人也不理睬。牧羊人根本就没听到我的叫骂,他低着头,只顾在一个夹板上画着什么。这个坏蛋。我冲上去,用鞭杆子戳着老公羊的屁股。牧羊人上来拉开我,说:"小兄弟,求求你,让我把这幅斗羊图画完吧……"我看到,他那夹板的一张白纸上,活生生地有谢廖沙和老公羊相持的画面,只是老公羊的后腿还没画好。

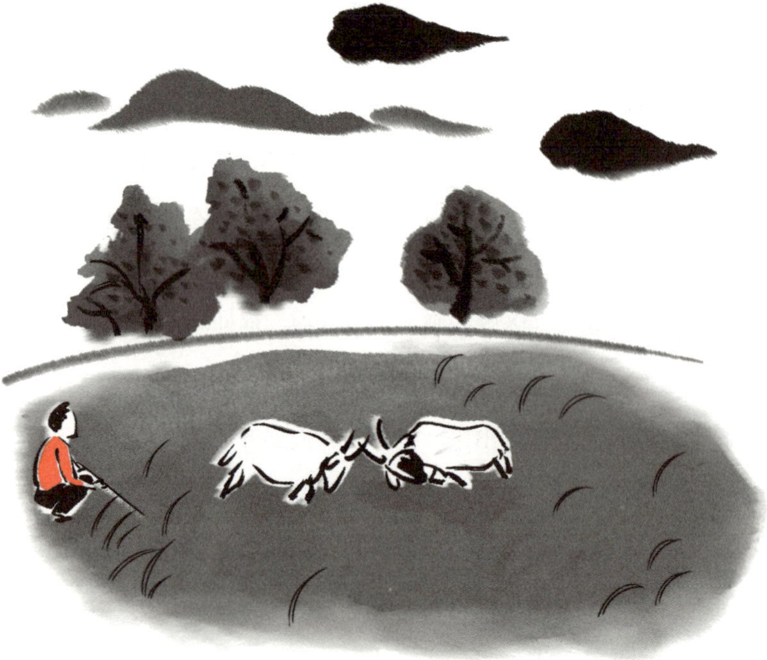

我这才知道，世上的活物竟然可以搬到纸上。想不到这个窝窝囊囊的牧羊人竟然有这样大的本事。我对他不由得肃然起了敬意。

牧羊人和我成了很好的朋友。我们每天都在大草甸子里相会。他使我知道了许多稀奇古怪的事情，我也让他知道了我们村子里的许多秘密。他把那幅斗羊图送给了我，并在上边署上了龙飞凤舞的名字。我如获至宝，双手捧回家，家里人都称奇。我用一块熟地瓜把斗羊图贴在了墙上。

姐姐星期天回来背口粮，看到了墙上的斗羊图，说画这画的是省里挺有名的画家，可惜被打成了右派。当天下午，我就介绍姐姐和牧羊人认识了。

后来，老公羊和谢廖沙又斗了几次，仍然不分胜负，莫名其妙地它们就和解了。

第二年，瓦丽娅生了两只小羊，毛儿细长，大尾巴拖到地面，果然不同寻常。这时，羊已经不值钱了，四只羊也值不了一百块。我知道爷爷有点儿后悔，但他嘴里没说。

弹指就是二十年，爷爷已经九十岁。我当兵也有了些年头。去年我回去探亲，爷爷说："那张羊皮，已经被虫子咬烂了……你二爷，大概早就没了吧……"

爷爷说的那张羊皮，是**谢廖沙**的皮。当年，它与老公羊角斗之后，**性格发生了变化**，动不动就顶人。顶不到人时，它就顶墙，羊圈的墙上被它顶出了一个大洞。有一次，爷爷去给它饮水，这家伙，竟然六亲不认，把爷爷的头顶破了。爷爷说："这东西，不能留了。"有一天，趁着我不在家，爷爷就让四叔把它杀了。我回家看到昔日威风凛凛的谢廖沙，已经变成了肉，在汤锅里翻滚。我们家族里的十几个孩子，围在锅边，等着吃它的肉。我的眼里流出了泪。母亲将一碗羊杂递给我时，我心里虽然不是滋味，但还是狼吞虎咽吃了下去。

瓦丽娅和它的两个孩子，也被爷爷赶到集上去卖了。

后来，姐姐跟着牧羊人走了。那张斗羊图是被姐姐揭走了呢，还是被母亲引了火，我已经记不清了。

（1981年9月）

偷鹅记

20世纪70年代初期，我们村里的人开始养鹅。我们那儿原本是没有养鹅的习惯的，这事的起因得从"小头婶"那儿说起。"小头婶"是铁匠老蔡从微山湖那边带回来的女人，老蔡叔说那地方养鹅养鸭的特别多，工业产品有竹编壳的"微山湖"牌暖壶。暖壶的商品名应该叫保温瓶。当时保温瓶是凭票供应的紧俏商品。后来我查了一下资料，知道了生产这个牌子保温瓶的厂家在滕县，现在那地方叫滕州了。退回去三十多年，当时的地方干部觉得把县改成市或州是一件很时髦很进步的事，一个地方如果还叫县，就仿佛这地方土气似的。其实改县为市是有成本的。单就那些党政机关、医院、学校、企业的牌子与公章的更换与制作，就是一笔很大的费用。其实，山还是那座山，河还是那条河，土地还是那些土地，人还是那些人，改不改都一样。现在，我看到那些还叫县的地方，反而感到特别地亲切。"县"字，似乎透露着一种古典之美，当然，这古典之美里也包含着残酷与无情，朋友们查字典就明白我的意思了。当然，有的朋友不用查字典也知道我的意思。

现在，跨县、跨省，甚至跨国婚姻都已司空见惯，但在当时，婚姻的范围很小，最后导致的结果是一个村子里的人大都牵瓜连蔓地成了亲戚。我曾斗胆说过几句很可能引起争议的话。我说改革开放不仅带来了经济的繁荣与思想的活跃，还带来了人的质量的提高。这话当然经不起严密的逻辑批判，所以也就姑妄言之吧。

铁匠老蔡大叔从遥远的微山湖地区带回一个拖着"油瓶"的女人，这件事在我的村子里引起的轰动是可想而知的。那"油瓶"是个男孩，岁数与我差不多大。我应该是村子里第一个与他说话的孩子，因此我们成了好朋友。我与他说的第一句话是"你叫什么名字"，他说"我叫解放"。这都是20世纪60年代初期的事了。老蔡出身好，又有打铁的技术，他的影响力超出我的想象，连公社里的很多干部都与他有交往，所以他与那个女人的结婚手续以及迁移户口等在我们看来相当复杂的事好像也没费什么劲儿就办妥了。

现在回忆起来，这个来自遥远地方的女人其实是个美女，但在当时村人们的审美观念里，她的长腿细腰、长脖子小头，看上去相当不顺眼，因此大家给她起了一个绰号叫"小头婶"。

那年麦收前，"小头婶"从她的家乡带来了一个赊小鹅的男人，说是她姨家表哥。那男人膀大腰圆，红脸膛儿，直鼻子，嘴里一口看上去很结实的浅黄色的牙。我们这里每年都会来赊小鸡的，但赊小鹅的还是第一次来。那人在村中央粗大的国槐树下支起了摊子，两大扁笼毛茸茸的浅黄色的小鹅在笼子里拥挤着，沙哑着嗓子鸣叫着。村里的小孩子都围在树上看热闹，"小头婶"撇着西县腔替她表哥招揽着顾客。村里人没有养鹅经验，都犹豫着不敢赊。蒋家那位面部有几个浅白麻子的大娘问"小头婶"："他婶子哎，你光张罗着让俺们赊，可俺用什么喂它们呢？""小头婶"说："小的时候搅和点儿玉米面喂喂就行，过几天赶到大湾里，吃鱼吃虾吃青草，什么也不用喂了。"那男子也用浓重的西县腔附会着，说这玩意儿其实根本不用喂，赶到湾边去，自己就长大了。"小头婶"率先垂范，自己赊了六只。赊小鸡的不帮人分辨公母，但赊小鹅的将公的和母的分笼放着，要赊就赊一对，如果只想赊母的不赊公的，那是绝对不行的。赊鹅人的解释是，一公一母才能长大，单赊母的是养不活的。

那年村子里有半数人家赊了小鹅，大多是赊一对，有十几户赊了两对的，"小头婶"家赊的最多，三对。凡动物，大都是小时好看，大时也好看，最难看就是半大不小时。鸡鸭鹅狗都是这样。鹅半大不小时，正是阴雨连绵的季节，村子西头那个长约二里、宽约半里的大湾子积了很多水，像个小湖泊似的。我们几乎每天都要到湾里去洗澡，说是洗澡，其实是打闹戏水。我们村临河靠湾，村里的孩子水性都不错。但我们的水性与"小头婶"的"油瓶"儿子解放比起来，那简直就不是一个等级的。他在大湾里展示了多种泳姿，惊得我们目瞪口呆。我问他，微山湖比我们这个大湾大多少。他皱皱鼻子，不回答我。后来我看了电影《铁道游击队》，才知道我的问题是多么可笑。

村子里那些已经长得半大不小的鹅，一天到晚泡在湾里，湾边有湿地，湿地里有野草和蛤蜊、泥鳅之类的，鹅就吃这些东西，确实不需要喂了。有的人家的鹅，黄昏时还知道回家去过夜，有的干脆不回家了，夜里就趴在草丛中或浮在湾面上。就像"千人千思想，万人万模样"一样，每只鹅也都有自己的样貌，每家的妇女与孩子都认识自家的鹅，鹅也都认识自己的主人。

这里有必要介绍一只外号叫"歪把子机枪"的公鹅。这只鹅是"小头婶"家六只鹅中的一只。这只鹅小时候脖子被黄鼠狼咬伤而留下残疾，它的脖子基部歪向一侧，头颈平行着前伸而不是上扬，所以这只鹅的姿态仿佛随时都要发起进攻似的，它的样子的确像日本生产的歪把子机枪。这只残疾鹅性格暴烈，进攻性很强，在全村的数十只公鹅中它是最好斗且每斗必胜的，因为它的残疾造成了它进攻的诡异角度，令那些健康的鹅防不胜防。

天气渐凉了，鹅也渐渐长成了。冬至那天，"小头婶"引领着她那位赊小鹅的表哥按照当初记下的名单,串着胡同收鹅钱。即便那些没把鹅养成的人家,嘴里发着牢骚,抱怨着"小头婶",但也把钱还了。

农历十一月,有的鹅开始下蛋。有的人家要办宴席,就把公鹅杀了招待客人。因为母鹅要下蛋,所以每天傍晚养鹅人家的女主人或是孩子,就会到湾边把自家的鹅找回家,但也有一些公鹅不愿回家,就停泊在湾子中央的蒲草与芦苇丛中,任凭主人呼唤就是不上来。

转眼进入腊月,天寒地冻,湾子里结了厚厚的冰。我们尽管白天还是要到田野里去干一些平整土地、开挖沟渠之类的活儿,但毕竟夜长昼短,又加上冰天雪地,所以一天也干不了几个小时的活儿。大家都不累,晚饭后就聚在六叔家打扑克。六叔是队里的会计,可以晚上记账为由报销两斤灯油。解放有一副小丑扑克,所以他也每晚必来。算起来他来我们村也将近十年了,说起话来还有点儿西县口音。他跟老蔡姓,名字就叫蔡解放。

打到高音喇叭播放《国际歌》时,大家都知道九点了,广播电台的晚间节目结束了,该是回家睡觉的时候了。这时,一个人推门进来了。他是生产队里的保管员,外号叫"曹操",他的真名我就不写了。曹操,在民间是一个比较负面的形象,尽管很多大人物写文章为他平反,但罗贯中在《三国演义》中塑造的形象深入人心,大家提起曹操,就会想到"奸诈狡猾""诡计多端"这些贬义词。后来为了称呼简便,村里人便把这个本不姓曹、外号"曹操"的人简称为"老曹"了。老曹进门后就摘下帽子,抽打着身上的雪,我们这才知道下雪了,看他肩头上积雪的厚度,知道雪下得很大。

小个子方七对老曹说:"你怎么才来,我们要散了。"老曹说:"别散啊,好戏还没开场呢。"说着,他就从腰里摸出了一个翠绿的酒瓶子,说,"今天下午跟着老郭去胶河农场喝酒,场部炊事员老王悄悄地递给我的,景芝白干。"他举起酒瓶,使劲摇晃了几下,然后将酒瓶子放在灯光下,让我们看瓶中那些纷扬的泡沫,而浓烈的酒香,也从瓶盖的缝隙里钻出来。大家都贪婪地抽着鼻子,努力地嗅着酒香。"可惜没有肴!"老曹说。六叔说:"炒两个蛋行吗?"老曹道:"太行了,两个鹅蛋,加上半棵大白菜。"在炕角睡得迷迷糊糊的六婶说:"哪里有鹅蛋?是你下的?"鹅蛋个儿大,差不多每三个就有一斤重。方七道:"算了,明天再聚吧。老曹你先把酒放在这儿,明天晚上大家带着鹅蛋来,最少一个,多了不限,没有鹅蛋,鸡蛋也行,肉也行,鱼也行。""别算了呀,明天还有明天的局呢。这样吧,"老曹眼睛里闪烁着狡猾的光芒说,"小昌、解放,你们俩到大湾里抓两只鹅来,杀了煮煮吃。"方七道:"那要等到什么时候?"老曹道:"漫漫的长夜,你急什么?"我看看解放,解放看看我,心中都在犹豫。老曹道:"怕什么?半夜三更的,没人知道。"解放道:"只怕

不被大风吹倒

会留下脚印。"方七道:"正下着大雪呢,留什么脚印。"我说:"大家必须保证,谁也不说出去。"老曹道:"如果你们真能抓回鹅,大家吃了,谁会说?年轻人,干事果敢点儿,别前怕狼后怕虎的。"我和解放交流了一下眼神,便一起往外走。老曹说:"麻利着点儿,大湾北头那片苇地里,有十几只鹅,我刚才路过时看到了。"

大雪纷飞的天气似乎不大冷。积雪辉映着空间,不黑。我和解放没有交谈,但我的心情怪怪的,仿佛要去干一件被允许的坏事,又像去干一件不被允许的好事。我们分拨开积雪的荆棘棵子,悄无声息下到大湾冰雪上。冰上积雪格外平展,我们小心翼翼地往那片芦苇靠近,脚下的冰面发出一声脆响,吓了我们一大跳,那响声沿着冰面放射到很远的地方。鹅们似乎受到了惊吓,我们听到芦苇中传来几声悠扬的鹅叫。我们曾听人说过,鹅是由雁驯化而来,因此存有雁的习性,而雁是最为警觉的禽类,它们睡觉时,会安排一只雁站岗放哨。

我们先是弓着腰前进,但脚底踩雪发出咯吱咯吱的响声,这响声在寂静的雪地里被放大到刺耳的程度。为了使袭击具备突然性,我们趴在雪地上匍匐前进。我们顾不上冰雪扎手,也不怕濡湿了棉袄,为了逮鹅,我们是真拼了。在距离团簇在一堆睡觉的鹅群数米远时,我们不约而同地一跃而起,扑了上去。鹅群炸开,群鹅鸣叫着奔跑、翻滚。我把一只鹅压在身下，为了不让它鸣叫，捏住了它的脖子。我看到解放也得手了。

我们提着鹅回到六叔家时，墙上的挂钟正好敲响了十二点。我放下手中的鹅，老曹惊呼道："妈的，这是我家的鹅啊。"老曹家的鹅在屋子里乱窜着，嘎嘎地叫着。方七一把捞住了鹅脖子，然后猛地一拧。老曹踢了方七一脚，怒骂了一声。六叔道："这是天意！"大家笑了几声，但看到老曹那恼怒的表情，便压住了笑声。这时，我们才看到抱在解放怀里的那只鹅，正是那只外号"歪把子机枪"的鹅霸。它的歪脖子一抻一缩地挣扎着，眼睛闪烁着黑色的光芒。"这不公道！"老曹说，"酒是我出的，鹅也是我家的，太不公道了。"解放说："我们家的鹅，我下不了手，你们来吧。"六叔道："一只就够了，这只歪脖子，肉也不会好吃，放了它吧。""那不行！"老曹说。"你们等着。"解放把歪头鹅抱到门外去。他将死鹅扔了进来，然后踩着雪走了。

（2024年9月21日）

童年看电影

在20世纪60年代，电影犹如魔法，吸引着许多像我一样的农村少年的心。别说是导演、演员了，即便是县电影队里那些巡回放映的放映员，也让我们感到神秘无比。那时候，我们县电影队里有四个放映小组，每组三个人。他们用独轮车推着发电机、放映机、胶片和银幕，在全县的近千个村庄里巡回放映。每当电影组从周边的村庄渐渐地向我们村庄逼近时，我们便开始了焦虑但又幸福的等待。哥哥姐姐们早就跑到周围的村庄看了一遍又一遍，回来后就向我眉飞色舞地讲述剧情。我非常希望能跟着哥哥姐姐们到周围的村子里去看电影，但他们嫌我累赘，不愿带我。我哥说："我们一出村就是急行军，每小时起码十公里，你根本不行。"母亲也不同意我去，母亲说："反正过几天就要来我们村子里放，早看一天晚看一天又能如何呢？"

终于熬到电影组巡回到我们村子时，这部影片的故事情节，我已经从哥哥姐姐们的讲述中了如指掌。

但听人讲述，并不能代替自己观赏。听人讲述得越生动越精彩，越是激起了观看的欲望。我经常被电影中的情节感动得热泪盈眶，和意大利影片《天堂电影院》里那些铁杆影迷一样。一部电影，能使我神魂颠倒半年之久，等到我的精神状态基本恢复正常后，下一轮的电影又开始向我们的村子逼近了。

随着年龄的增长，我终于也获得了出村看电影的资格。先是去邻村看，渐渐地，活动范围扩大，终于将看电影的范围扩展到十几里外的村庄甚至扩展到外县的地盘上。我还认识了邻村一个骑着自行车遍赶四集、名叫杜彪的补鞋匠，我经常能在赶着牛羊过小桥时遇到他。有一天傍晚，我在桥头上遇到他。他距我大老远就吆喝："小跑，快去吧，今晚蓼兰有电影。"——你不会骗我吧？——我骗你干什么？幕布都挂好了，我亲眼看见的。——演什么？——《红色娘子军》。——你真的不会骗我吗？——你这孩子，上辈子让人骗怕了？我骗你干什么？

我好不容易说服了母亲，然后找到大奎与小乐，又帮着他们说服了他们的家长。都来不及吃饭，各自揣着一块饼子一棵葱，抬腿就往蓼兰镇奔跑。一边奔跑，一边吞咽饼子大葱。从我们村到蓼兰要穿越辽阔的洼地，狭窄的道路两边全是密不透风的高粱，有的地方，茂密的野草差不多将道路都遮掩了。不时有狐狸、刺猬等小野兽被我们惊起。跑到中途时天已黑透，满天繁星，四处蛙鸣，不时有飞鸟惊起，呱呱叫着飞到远处去。我们没人说话，但心里怯怯的。有一个黑乎乎的东西，从我们面前猛地跳起来并发出一声怪叫，几乎把我们吓瘫。我感到心跳得仿佛要从嘴巴里蹦出来。小乐转身就要往回跑。大奎伸手拽住了他。大奎问我："是不是真有？"我说："杜彪亲口说的。"大奎说："他会不会骗你？"小乐哭着说："他肯定骗你了……如果他不骗你，怎么还没听到动静呢？"大奎侧耳谛听了几分钟，说："似乎有点儿动静了，你们听。"我们也侧耳倾听，除了四周的蛙鸣和虫子们的合唱，好像是有那么一丝丝若有若无的音乐声。既然已经跑到了这里，还是要去，大奎坚定地说。

我们排成一列，大奎在前，小乐居中，我断后，快速地前行。十八里路，不是平坦大道，而是崎岖泥泞的小道；不是光天化日，而是夜色深沉。我们走一阵，跑一阵，身上的汗水都流干了。终于听到了音乐声，终于看到了黑黢黢的大村庄，终于看到了电灯光在村庄上空辉映出的一大片光明……我们赶到现场时，吴琼花已经参加了娘子军，顾不了许多，聚精会神看下去，还没看够就完了。看完电影往回走，起初还议论着剧情，但渐渐地，腿肚子好像灌了铅，眼皮越来越沉，走着走着就打起瞌睡，恨不得躺到地上沉沉睡去。大奎告诉我们，高粱地里真的有狼，如果我们睡了，就会被狼吃掉。

月亮不知何时升起来，半块月亮。三星已经偏西，分明是

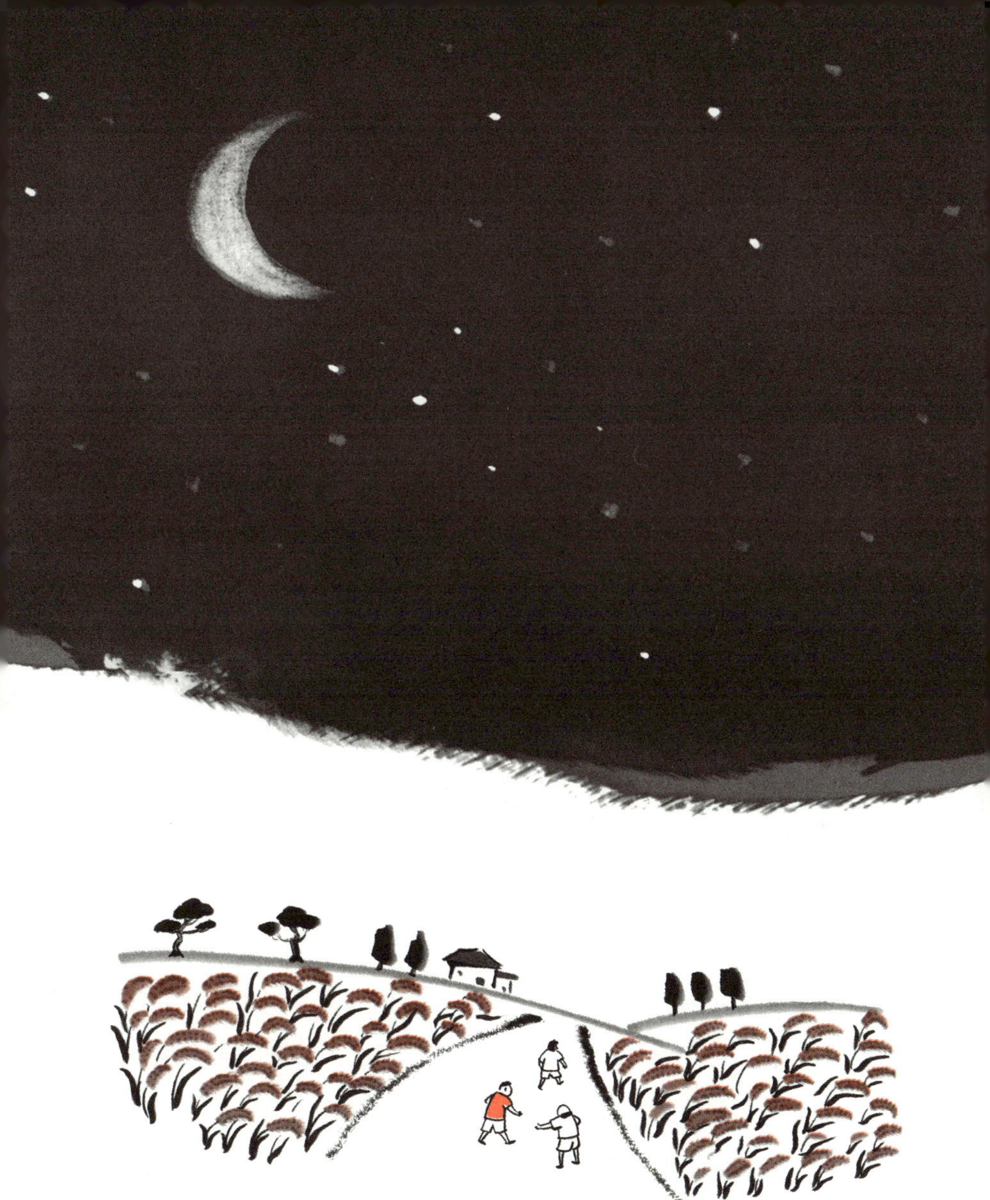

后半夜了。偶尔有一颗大流星拖着长长的尾巴划破天际，让我们振奋一刹那，但片刻即重堕昏昏沉沉的状态。心中不时泛起悔意，甚至是绝望。小乐已经哭了好几次了。大奎在关键时刻表现出领袖气质，用各种方式激励着我们前进。他其实只比我大两岁。后来他成了我们高密东北乡最有名的杀猪匠既是必然的，也是令人无比遗憾的。当我们终于爬上村后高高的河堤时，听到母亲高声喊叫我的乳名。我的眼泪唰地流了出来。

但第二天，我们三个都很骄傲，我们给那些比我们大的人和比我们小的人讲述《红色娘子军》的剧情，前边没看到的地方，我们含糊带过。我们那时记忆力好，电影插曲，听一遍即可复唱。我尤其喜欢渲染琼花那只托着几枚银币、布满整个银幕的大手，而且我还知道那叫作"特写镜头"。

随着我们年龄的增长和生活的逐步改善，我们都有了自己的自行车，看电影的范围进一步扩大。电影，成了那些岁月里安慰我们心灵的清泉，也成了联系我们与外县青年友谊的纽带。我们村子里的好几个年轻人，都是在看电影时，与外县的青年谈上了恋爱并结成美好姻缘。

许多年后，当我在电视屏幕上重温那些我在少年时代看过的老电影时，当年为之流泪的地方，如今依然为之流泪。看老电影，其实已成为一种怀旧行为。与其说是在看老电影，不如说是借此回忆自己的青春岁月。

到了20世纪80年代末，电视机渐渐地进入千家万户。但就像电影的出现并没有让小说终结一样，电视的出现也没让电影从人类的文化盛宴中退席。小说、电影、电视，各自按照自己的轨迹向前发展着，只是它们更多地交织在一起。

当初，我做梦也没有想到，几十年后，我竟然跟电影发生了密切的关系。张艺谋提着一只鞋子，瘸着一条腿（他在挤公共汽车时脚被轧伤），到我当时就读的学校来找我，说要将《红高粱》改编成电影。

（2009年10月）

读客当代文学文库

我与酒的渊源

三十多年前，我父亲很慷慨地用十斤红薯干换回两斤散装的白酒，准备招待一位即将前来为我爷爷治病的贵客。父亲说那贵客是性情中人，虽医术高明，但并不专门行医。据说他能用双手同时写字——一手写梅花篆字，一手写蝌蚪文。且极善饮，还通剑术。酒后每每高歌，歌声苍凉，声震屋瓦。歌后喜舞剑，最妙的是月下舞，只见一片银光闪烁，全不见人在哪里。这位侠客式的人物，好像是我爷爷的姥姥家族里的人，不唯我们这一辈的人没有见过，连父亲他们那一辈也没见过。

父亲把酒放在窗台上，等着贵客到来。我们弟兄们，更是盼星星盼月亮一样盼着他。盼了好久，也没盼到奇人。

那瓶白酒在窗台上显得很是寂寞。酒是用一个白色的瓶子盛着的，瓶口堵着橡胶塞子，严密得进不去空气。我经常观察着那瓶中透明的液体，想象着那芳香的气味。有时还把瓶子提起来，一手攥着瓶颈，一手托着瓶底，发疯般地摇晃，然后猛地停下来，观赏那瓶中无数的纷纷摇摇的细小的珍珠般的泡沫。这样猛烈摇晃之后，似乎就有一缕酒香从瓶中溢发出来，令我垂涎欲滴。但我不敢喝，因为爷爷和父亲都没舍得喝。如果他们一时发现少酒，必将用严酷的家法对我实行毫不留情的制裁。

终于有一天，正好家中无人，我用牙咬开那瓶塞子，抱起瓶子，先是试试探探地抿了一小口——滋味确实美妙无比，然后又恶狠狠地喝了一大口——仿佛有一团绿色的火苗子在我的腹中燃烧，眼前的景物不安地晃动。我盖好酒瓶子，溜出家门，头重脚轻、腾云驾雾般地跑到河堤上。

从此，我一得机会便去悄悄地喝那瓶中的酒。为了防止被发现，每次喝罢，便从水缸里舀来凉水灌到瓶中。几个月后，那瓶中装的究竟是水还是酒，已经很难说清楚了。几十年后，说起那瓶酒的故事，我二哥嘿嘿地笑着坦白——喝那瓶酒的，除了我以外还有他。当然他也是喝了酒回灌凉水。

我喝酒的生涯就这样秘密开始了。那时候真的馋呀，村东头有人家喝酒，我在村西头就能闻到味道。长到十七八岁时，有一些赴喜宴的机会，母亲便有意识地派我去，是为了让我去饱餐一顿呢，还是痛饮一顿呢，母亲没有说。她只是让我去，其实我的二哥更有资格去，也许这就是天下爹娘偏向小儿的表现吧。后来当了兵，喝酒的机会多起来，但军令森严，总是浅尝辄止，不敢尽兴。每次我回故乡，都有赴不完的酒宴。每每

读客当代文学文库

三杯酒下肚，便感到豪情万丈，忘了母亲的叮嘱和醉酒后的痛苦，"李白斗酒诗百篇""人生难得几次醉"等壮语在耳边轰轰地回响。所以，一劝就喝，不劝也喝，一直喝到丑态百出。

1988年秋天的一个晚上的一次醉酒，人们把我送到县医院，又是打吊针，又是催吐，抢救了大半天。这次醉酒，使我的身体受到了很大的伤害，在以后的很长一段时间里，一闻到酒味就恶心。从此喝酒谨慎了。年轻时没酒喝时，心心念念地盼望着：何时能痛痛快快地喝一次呢？但1980年代中期以后，我对酒厌恶了。有一段时间，干脆不喝了，无论你是多么铁的哥们，无论你用什么样的花言巧语相劝，也不喝，退出了酒场。

我曾写过一部名叫《酒国》的长篇小说，试图清算一下酒的罪恶，唤醒醉乡中的人们，但这无疑是醉人做梦，隔靴搔痒。儿童喝酒是一件不好的事情。我们当时也是在那个特殊的年代里，做了这么一些蠢事，当今的孩子千万不要模仿。

（1997年2月）

洗热水澡

当兵之前,我在农村生活了二十年,从没洗过一次热水澡。那时候我们洗澡是到河里去。回忆中,那时候的夏天比现在热得多,吃罢午饭,总是满身大汗。什么也顾不上,扔下饭碗便飞快地跑上河堤,一头扎到河里去,扎猛子打扑通,这行为本是游泳,但我们从来把这说成是洗澡。我们都是好水性,没人教,完全是无师自通,游泳的姿势也是五花八门。那时候,每到夏天,十岁以下的男孩子,基本上只穿一条裤头,有的甚至一丝不挂。我们身上沾满了泥巴,晒得像一条条黑鲅鱼。

河里结了冰,我们就没法子洗澡了。然后就干巴一个冬季,任凭身上的灰垢积累得比铜钱还要厚。那时候我们并不知道城里人在冬季还能洗热水澡。

我第一次洗热水澡是应征入伍后到县城里去换穿军装的时候。那时我已二十岁。那个冬季里我们县共征收了六百名士兵，在县城集合，发放了军装后，被分到两个澡堂子里去。三百个青年，光溜溜的，发一声喊，冲进澡堂里去，像下饺子一样跳到池中。水池立刻就满了人，好似肉的丛林。这次所谓洗澡，不过是用热水沾了沾身体罢了。力气小的挤不进去，连身体也没沾湿。但是从此之后，我知道了人在严寒的冬天，可以在室内用热水洗澡这件事。

当兵后，部队住在偏远的农村，周围连条可以洗澡的河都没有。我们整天摸爬滚打，还要养猪种菜，脏得像泥猴子似的，身上散发着臭气。每逢重大节日，部队领导就提前派人到县城里去联系澡堂子。联系好了，就用大卡车拉着我们去。这一天部队把整个澡堂包下来了，我们可以尽兴地洗。我们所在的那个县是革命的老根据地，对子弟兵有很深的感情。澡堂工作人员对我们特别客气，免费供应茶水，还免费供应肥皂，把我们感动得很厉害。我们在澡堂子里一般要耗四个小时，上午九点进去，中午一点出来。我们在老兵的带领下，先到水温不太高的大池子里泡，泡透了，爬上来，两个人一对，互相搓身上的灰。直搓得满身通红，好像褪去了一层皮——也的确是褪去了一层皮。搓完了灰，再下水去泡着。泡一会儿，再上来搓灰。这一次是细搓，连脚丫缝隙里都要搓到。

搓完了，老兵同志站在池子沿上，说："不怕烫的、会享福的跟我到小池子里泡着去。"我们就跟着老兵到小池子里去。小池子里的水温四十多摄氏度，水清见底，冒着袅袅的蒸

读客当代文学文库

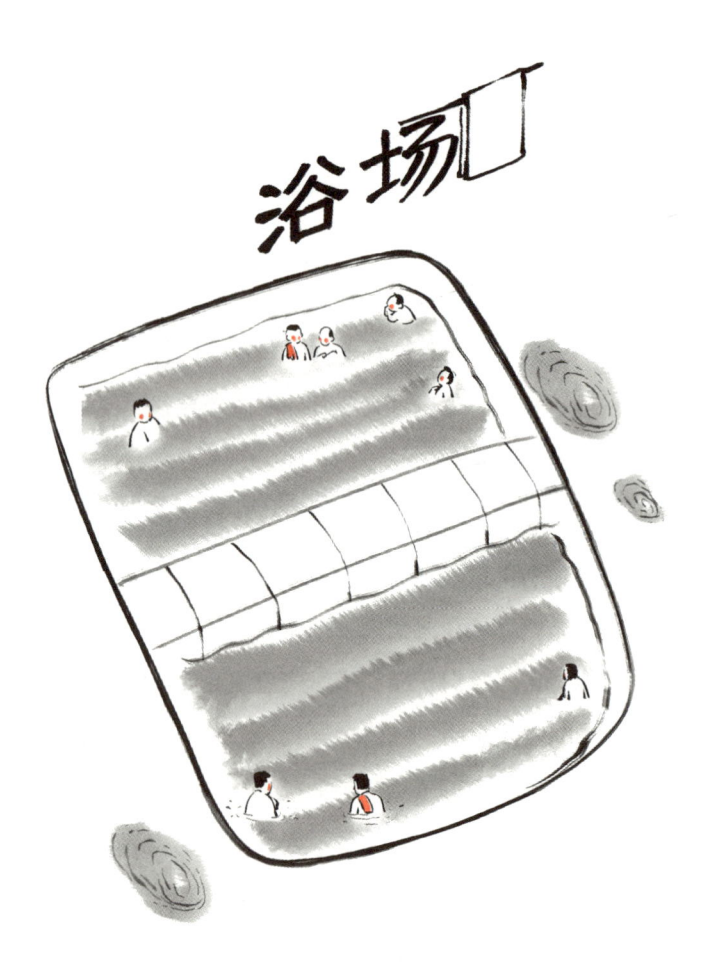

浴场

汽。一个新兵伸手试了试,哇地叫了一声。老兵轻蔑地看了他一眼,说:"大惊小怪干什么?"然后,好像给我们表演似的,他屏住气息,双手按着池子的边沿,闭着眼,将身体慢慢地顺到池子里。他人下了池子,几分钟后还是无声无息,我们胡思乱想着但是不敢吭气。过了许久,水池中那个老兵才长长地吐出一口气,足有三米长。

我们在一个忠厚老兵的教导下,排着队蹲在池边,用手往身上撩热水,让皮肤逐渐适应。然后,慢慢地把脚后跟往水里放。一点儿一点儿地放,牙缝里咝咝地往里吸着气。渐渐地把整个脚放下去了。老兵说,不管烫得有多痛,只要放下去的部分,就不能提上来。我们遵循着他的教导,咬紧牙关,一点点地往下放腿,终于放到了大腿根部。这时你感到,好像有针在扎着你的腿,你的眼前冒着金火花,两个耳朵眼里嗡嗡地响。你一定要咬住牙关,千万不能动摇,一动摇什么都完了。你感到热汗就像小虫子一样从你的毛孔里爬出来。然后,在老兵的鼓励下,你一闭眼,一咬牙,猛地将整个身体浸到热水中。这时候你会百感交集,多数人会像火箭一样蹿出水面。老兵说,意志坚定不坚定,全看这一霎间。你一往外蹿,等于前功尽弃,这辈子也没福洗真正的热水澡了。这时你无论如何也要狠下心,咬住牙,你的血液像开水一样在你的血管子里循环,你汗如雨下,你血里的脏东西全部顺着汗水流出来了。过了这个阶段,你感到你的身体不知道哪里去了,你基本上不是你了。

你能感觉到的只有你的脑袋，你能支配的器官只有你的眼皮，如果眼皮算个器官的话。连眼皮也懒得睁开。你这时尽可以闭上眼睛，把头枕在池子沿上睡一觉吧。

在这样的热水中像神仙一样泡上十分钟，然后调动昏昏沉沉的意识，自己对自己说："行了，伙计，该上去了，再不上去就泡化了。"你努力找到自己的身体，用双手把住池子的边沿，慢慢地往上抽身体，你想快也快不了。你终于爬上来了。你低头看到，你的身体红得像一只煮熟的大龙虾，散发着一股新鲜的气味。澡堂中本来温度很高，但是你却感到凉风习习，好像进了神仙洞府。你看到一根条凳，赶快躺下来。如果找不到条凳，你就随便找个地方躺下吧。你感到浑身上下，有一股说痛不是痛，说麻不是麻的古怪滋味，这滋味说不上是幸福还是痛苦，反正会让你终生难忘。躺在凉森森的条凳上，你感到天旋地转，浑身轻飘飘的，有点儿腾云驾雾的意思。躺上半小时，你爬起来，再到热水池中去浸泡十分钟，然后就到莲蓬头那儿，把身体冲一冲，其实冲不冲都无所谓，在那个时代里，我们没有那么多卫生观念。洗这样一次澡，几乎有点儿像脱胎换骨，我们神清气爽，自觉美丽无比。

（1993年）

割草诗

20世纪80年代末,朋友赠送我一本《散宜生诗》,读来如饮浓茶,略有苦味但余香满口。散宜生本名聂绀弩,是黄埔军校二期学员,后去莫斯科中山大学学习,与数位党和国家领导人做过同学。新中国成立后,他担任人民文学出版社副总编辑,在整理、研究古典文学方面颇有建树。他的诗基本上是在北大荒劳改时所作,用旧格律,写新内容,幽默、谐谑,富含哲理,自创新格。如果说他有传承,我认为他的源头在鲁迅先生那儿,在"破帽遮颜过闹市""俯首甘为孺子牛"那儿。新中国成立后,文化人所写旧体诗形成了自家鲜明风格的,除了他,我想不出还有谁。这本诗集里有一首,好像是专门为我写的,抄之与大家共赏:

割草赠莫言

长柄大镰四面挥,眼前高草立纷披。
风云怒咤天山骇,敕勒狂歌地母悲。
整日黄河身上泻,有时芦管口中吹。
莫言料恐言多败,草为金人缚嘴皮。

第一句中的"长柄大镰",是指那种钐镰,我们在苏联电影《静静的顿河》里看到过。那工具效率很高,但使用者腰功要好,身体的节奏感要强。看大钐镰割草如同看精彩的舞蹈,虽然没有音乐伴奏,但劳动者的心中是有旋律的。这旋律应该是轰轰烈烈的,因此这劳动也是很有气势的。于是就如风云怒咤,敕勒狂歌,连天山也为之惊骇,地母也为之悲哀。那纷飞的草屑,就像黄河之水一样在身上流淌。劳动的间隙里折根芦管吹奏小曲,也体现了乐观精神。尾联用典,出自西汉刘向的《说苑·敬慎》:"孔子之周,观于太庙,右陛之前有金人焉,三缄其口,而铭其背曰:'古之慎言人也;戒之哉!戒之哉!无多言,多言必败。'"

诗中的"莫言"本名叫莫然,是与聂老一起割草的工友。"莫言"是聂老为他起的外号。

读了这首诗,我感到自己虽然不是那个与聂公一起挥动着大镰割草的前辈,但也似乎目睹过他们割草的场面:茫茫的草地,枯黄的野草,金色的阳光,被惊动后飞上天的百灵鸟,还

不被大风吹倒

有野兔、狐狸、狍子、獾、刺猬、野羊，甚至还有狼。碎草的气味是令人感到治愈的，劳动者的快乐建立在劳动技能的熟练掌握并受到观者赞赏的基础上。

我读这首诗时就想到1973年8月我到高密县第五棉花加工厂当合同工的事。初进厂时，棉花尚未开始收购，我们的主要工作是割厂区的野草，清理场地。尽管我在村里并不是劳动能手，但在这棉花加工厂里，与那些城镇来的知青相比，我的劳动能力就显得非常突出了。割草时，他们生怕弄脏了衣裳，蹲着，像割韭菜一样小心翼翼地、一撮一撮地割；而我躬着腰，左手拿着一根带杈把的木棍，右手大幅度地挥动镰刀，一个人的劳动成果，胜过他们一群人。

在入厂后的第一次会议上，厂党支部书记十分高调地表扬了我，说我不怕苦不怕累，干活一个顶十个。书记的表扬让我十分高兴，因为在村里劳动时，我听到的多半是批评，而在厂里，竟然得到了表扬。这是我人生历程中的一个重要转折点，我意识到，人无论在哪里干活，都不要偷懒耍滑，只要努力干了，就会得到好评。当然，除了舍得卖力气，还得有劳动技巧。劳动者的光荣与自尊基本建立在熟练的劳动技巧上。

读了这首诗后，我写了一首打油诗。说是打油诗，其实还是恪守格律的。诗曰：

一柄长镰三面挥，眼前绿草乱纷飞。
知青畏缩作娇态，老莫伸张显虎威。
书记表彰扬斗志，小农感慨动心扉。
人生命运转折处，常在梦中捏汗归。

（2024年9月23日）

柏林墙下

1987年5月,我跟随中国作家代表团去联邦德国访问。这是我平生第一次出国,所以很紧张也很兴奋。访问过程中的许多细节我还记得很清晰。那时候作家被作协安排出国是很被周围人羡慕的事。当时我在军队工作,办理出国手续很麻烦。这次出国,虽然是由作协组织的,但邀请者或者说为这次十几个人的访问买单的却是联邦德国的一位富豪老太太。这是一个年轻时继承了很多遗产的孤身老人,她热爱中国,喜欢中国文学,所以她通过使馆与中国作家协会商谈此事时,特意提出代表团里应该有几个写作势头好的青年作家,这大概就是我能幸运地得到这次访问机会的主要原因。

那时候,因公出国的人,单位补助五百元的置装费。我去单位财务那儿领了五百元,去"红都"服装店定做了一套西装,还买了两条领带。那时候,会扎领带的人很少,幸亏认识电影学院的一位同学,他带着会扎领带的女朋友来我宿舍教会了我扎领带。在德期间，我觉得扎领带有点儿不好意思，王安忆批评我说："穿着西装不扎领带是很难看的。"后来我就扎上了。从当时留下的几张照片上看，穿西装扎上领带确实比不扎领带好看。

初到联邦德国，给我留下深刻印象的是四通八达的高速公路，那时候中国好像连一公里高速公路也没有。再就是一天三顿饭都有肉吃。一天三顿都吃肉，这在当时的我心目中，已经接近童话故事里国王的生活了。

那时候柏林墙还立着，将柏林一分为二，民主德国和联邦德国还是两个不同阵营的国家。我们去东柏林，还须查验护照。我记得东德查验护照的是一名身体高大、面孔英俊的士兵，他满脸笑意地把目光从护照的照片上迅速地移到我们脸上，然后啪地盖上一个章。他对我们的友好态度是同志式的。我们中的一位先生就用"达瓦里希"[1]称呼他，于是那年轻士兵脸上的表情变得更加亲切友好。这让我想起在一些东欧或苏联的电影里，所感受到的那种氛围。

登上柏林的电视塔鸟瞰全城，看到的也是高楼大厦，但城市的表情是严肃刻板的，如果城市有表情的话。

到柏林墙边参观，是我们这次长达一个月的访问过程中的一个重要节目。那时候还没有手机，有照相机的人很少，所以

---

[1] 指同志，是俄语词汇的音译。——编者注

读客当代文学文库

我也没在墙边留影,这是很遗憾的事情。墙上全是涂鸦,有文字,有图案,翻译过来基本上都是讽刺与挖苦。

我正在距墙数米远处认真地欣赏墙上的图案时,左前方的一位老妇人猛然一个转身。她转身时顺便把右手挂着的雨伞抡了起来,伞的铁尖猛地戳到了我的左眼上。一阵剧烈的疼痛使我不由自主地蹲在地上,眼泪顺着我的指缝流了下来。

不知过了多久,我站了起来,松开捂眼的左手,看到色彩斑斓的柏林墙在阳光下晃动着。我用右手捂住右眼来判定左眼受伤的程度,还好,虽然视物有些模糊,但还能看见。慢慢地,我看清了那位给了我重重一击的老太太。她满头的白发,满脸皱纹,脸上挂着局促不安的表情。她急切地对我说着什么,翻译跑过来,对我说她在向你道歉,她愿意陪你去医院。我接过同行者递过来的纸擦干了眼泪,定了定睛,发现视力未受什么影响,便挥了挥手,让那老太太走了。

后来我找了个有镜子的地方照了照,看到左眼下睑上有一个米粒大小的伤口。团里领导说:"太危险了,差一点儿你这只眼睛就废了。"

过了几年,我又到德国去,此时两德已经统一,柏林墙也荡然无存。我站在那段残留的废墟前,回忆起往事,心中感慨万千。

(2024年9月20日)

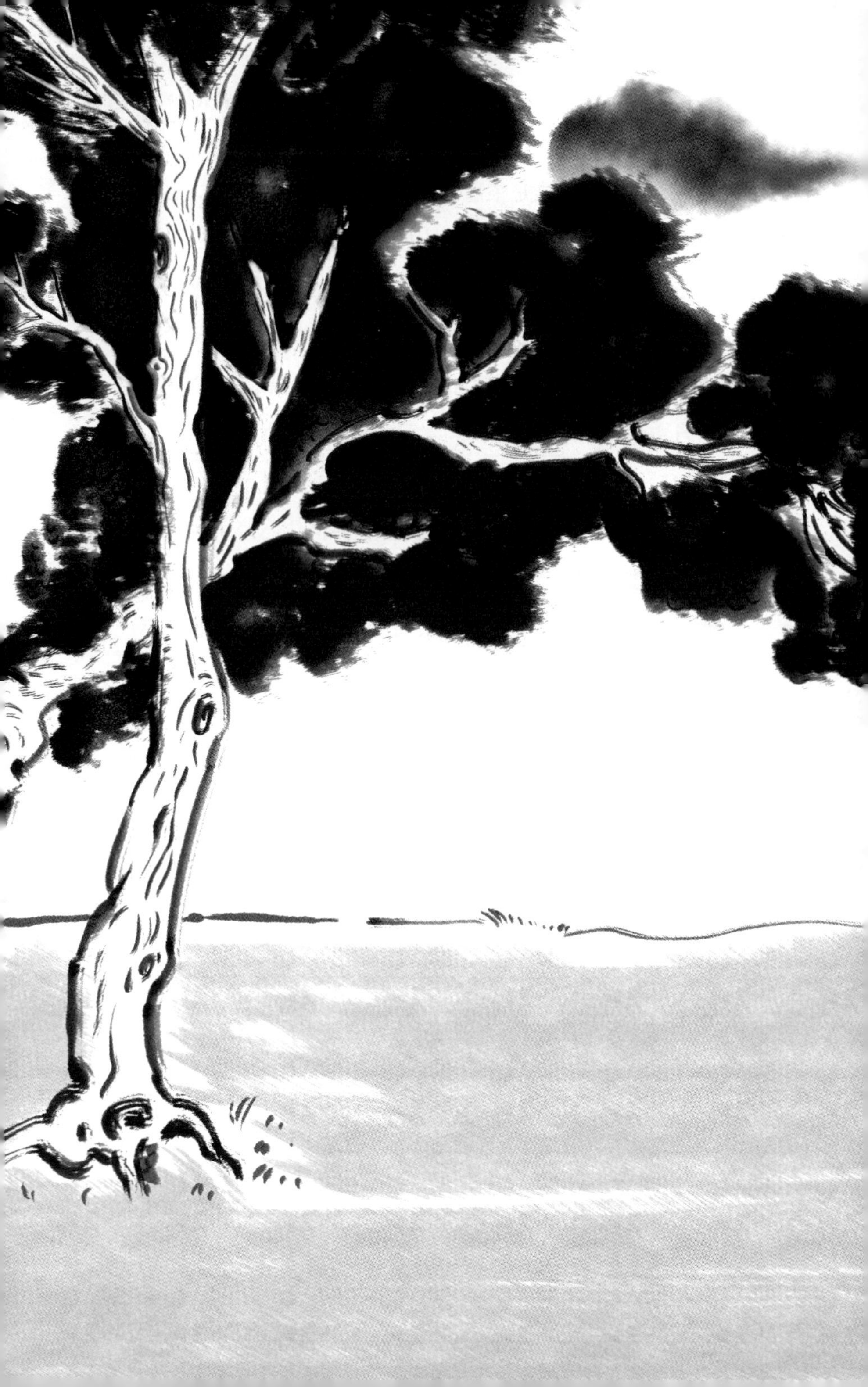

第四章

他处在人生的最低处，
但他的精神
总能如雄鹰翱翔在云端之上。

母　亲

　　我出生于山东省高密县一个偏僻的乡村。五岁的时候，正是中国历史上比较艰难的岁月。生活留给我最初的记忆是母亲坐在一棵白花盛开的梨树下，用一根洗衣用的紫红色的棒槌，在一块白色的石头上，捶打野菜的情景。绿色的汁液流到地上，溅到母亲的胸前，空气中弥漫着野菜汁液苦涩的气味。那棒槌敲打野菜发出的声音，沉闷而潮湿，让我的心感到一阵阵的紧缩。

　　这是一个有声音、有颜色、有气味的画面，是我人生记忆的起点，也是我文学道路的起点。我用耳朵、鼻子、眼睛、身体来把握生活，来感受事物。储存在我脑海里的记忆，都是这样的有声音、有颜色、有气味、有形状的立体记忆，活生生的综合性形象。这种感受生活和记忆事物的方式，在某种程度上决定了我小说的面貌和特质。这个记忆的画面中更让我难以忘却的是，愁容满面的母亲在辛苦地劳作时，嘴里竟然哼唱着一支小曲！当时，在我们这个人口众多的大家庭中，劳作最辛苦的是母亲，饥饿最严重的也是母亲。她一边捶打野菜一边哭泣才符合常理，但她不是哭泣而是歌唱，这一细节，直到今天，我也不能很好地理解它所包含的意义。

我母亲没读过书，不认识文字，她一生中遭受的苦难，真是难以尽述。战争、饥饿、疾病，在那样的苦难中，是什么样的力量支撑她活下来？是什么样的力量使她在饥肠辘辘、疾病缠身时还能歌唱？我在母亲生前，一直想跟她谈谈这个问题，但每次我都感到没有资格向母亲提问。有一段时间，村子里连续自杀了几个女人，我莫名其妙地感到了一种巨大的恐惧。那时候我们家正是最艰难的时刻，父亲被人诬陷，家里存粮无多，母亲旧病复发，无钱医治。我总是担心母亲走上自寻短见的绝路。每当我下工归来时，一进门就要大声喊叫，只有听到母亲的回答时，心中才感到一块石头落了地。有一次下工回来已是傍晚，母亲没有回答我的呼喊，我急忙跑到牛栏、厕所里去寻找，都没有母亲的踪影。我感到最可怕的事情发生了，不由得大声哭起来。这时，母亲从外边走了进来。母亲对我的哭泣非常不满，她认为一个人尤其是男人不应该随便哭泣。她追问我为什么哭，我含糊其词，不敢对她说出我的担忧。母亲理解了我的意思，她对我说："孩子，放心吧，阎王爷不叫，我是不会去的！"

母亲的话虽然腔调不高，但使我陡然获得了一种安全感和

读客当代文学文库

对未来的希望。多少年后，当我回忆起母亲的这句话时，心中更是充满了感动，这是一个母亲对她的忧心忡忡的儿子做出的庄严承诺。活下去，无论多么艰难也要活下去！尽管母亲已经被阎王爷叫去了，但母亲这句话里所包含着的面对苦难挣扎着活下去的勇气，将永远伴随着我，激励着我。

我曾经从电视上看到过一个让我终生难忘的画面：以色列重炮轰击贝鲁特后，滚滚的硝烟尚未散去，一个面容憔悴、身上沾满泥土的老太太便从屋子里搬出一个小箱子，箱子里盛着几根黄瓜和几根碧绿的芹菜。她站在路边叫卖蔬菜。当记者把摄像机对准她时，她高高地举起拳头，嗓音嘶哑但异常坚定地说："我们世世代代生活在这块土地上，即使吃这里的沙土，我们也能活下去！"

老太太的话让我感到惊心动魄，女人、母亲、土地、生命，这些伟大的概念在我脑海中翻腾着，使我感到一种不可消灭的精神力量，这种即使吃着沙土也要活下去的信念，正是人类历尽劫难而生生不息的根本保证。这种对生命的珍惜和尊重，也正是文学的灵魂。

在那些饥饿的岁月里，我看到了许多因为饥饿而丧失了人格尊严的情景，譬如为了得到一块豆饼，一群孩子围着村里的粮食保管员学狗叫。保管员说，谁学得最像，豆饼就赏赐给谁。我也是那些学狗叫的孩子中的一个。大家都学得很像。保管员便把那块豆饼远远地掷了出去，孩子们蜂拥而上抢夺那块豆饼。这情景被我父亲看到眼里。回家后，父亲严厉地批评了我。爷爷也严厉地批评了我。爷爷对我说："嘴巴就是一个过道，无论是山珍海味，还是草根树皮，吃到肚子里都是一样的，何必为了一块豆饼而学狗叫呢？人应该有骨气！"他们的话，当时并不能说服我，因为我知道山珍海味和草根树皮吃到肚子里并不一样！但我也感到他们的话里有一种尊严，这是人的尊严，也是人的风度。人，不能像狗一样活着。

我的母亲教育我，人要忍受苦难，不屈不挠地活下去；我的父亲和爷爷又教育我，人要有尊严地活着。他们的教育，尽管我当时并不能很好地理解，但也使我获得了一种面临重大事件时做出判断的价值标准。

饥饿的岁月使我体验和洞察了人性的复杂和单纯，使我认识到了人性的最低标准，使我看透了人的本质的某些方面。许多年后，当我拿起笔来写作的时候，这些体验，就成了我的宝贵资源，我的小说里之所以有那么多严酷的现实描写和对人性的黑暗毫不留情的剖析，是与过去的生活经验密不可分的。当然，在揭示社会黑暗和剖析人性残忍时，我也没有忘记人性中高贵的有尊严的一面，因为我的父母、祖父母和许多像他们一样的人，为我树立了光辉的榜样。这些普通人身上的宝贵品质，是一个民族能够在苦难中不堕落的根本保障。

（2008年1月14日）

我的父亲

父亲读过几年私塾,蒙师是我们邻村的范二先生。

我听祖母说过父亲因调皮被范二先生用戒尺打肿手掌的事。祖母说父亲将《三字经》改编成"人之初,性不善,烟袋锅子炒鸡蛋;先生吃,学生看,撑死这个老浑蛋"。

这让我感到不可思议,我无法想象威严的父亲竟然也是从一个顽皮少年演变过来的。

在我参军离家前近二十年的记忆中,父亲可敬不可亲,甚至是有几分可怕的。其实他轻易不打人骂人,也很少训斥我,但我说不清楚为什么要怕他。

记得我与伙伴们一起玩闹时,喜欢恶作剧的人在我背后悄悄说:"你爹来了!"我顿时被吓得四肢僵硬,脑子里一片空白,好大一会儿才能缓过劲来。

不仅是我怕,我的哥哥姐姐也怕。不仅是我们怕,听姑姑说,他们那一代人,我的那些堂姑、堂叔也都怕。我听姑姑说她们年轻时，姐妹们在一起说笑，听到我父亲远远地咳嗽一声，一个个立即屏气息声，等我父亲走了才慢慢活泼起来。

曾不止一个人问过我为什么那么怕父亲，我不知该如何回答。我也曾经与两位兄长探讨过这个问题，他们也说不出个所以然。

搜索我的童年记忆，父亲也曾表现过舐犊之情。记得那是一个夏天的炎热的中午，在家门口右侧那棵槐树下，父亲用剃头刀子给我剃头。我满头满脸都是肥皂泡沫，大概有几分憨态可掬吧，我听到父亲充满慈爱地说："这个小牛犊！"

还有一次是我十三岁那年，家里翻盖房子，因为一时找不到大人，父亲便让我与他抬一块大石头。父亲把杠子的大部分都让给了我，石头的重量几乎都压在他肩上。当我们摇摇晃晃地把石头抬到目的地时，我看到父亲用关切的目光上下打量着我，并赞赏地点了点头。

近年来，父亲有好几次谈起当年对我们兄弟管教太严，言下颇有几分自责之意。我从来没把父亲的严厉当成负面的事。如果没有父亲的威严震慑，我能否取得今天这样一点儿成绩还不好说。

其实，父亲的威严是建立在儒家文化的基础上的，他在私塾里所受到的教育确定了他的人生观、价值观。他轻钱财，重名誉，即便在读书看似无用的年代里，他也一直鼓励子侄们读书。

不被大风吹倒

我小学辍学后，父亲虽然没说什么，但我知道他很着急。他曾给我在湖南一家工厂的子弟学校任教的大哥写信，商讨有无让我到他们学校读书的可能。

在上学无望后，父亲就让我自学中医，并找了一些医书让我看，但终因我资质不够又缺少毅力半途而废。

学医不成，父亲心中肯定对我失望，但他一直在为我的前途着想。有一次，他竟然要我学拉胡琴，起因是他去县里开会期间看了一场文艺演出，有一个拉胡琴的人给他留下了深刻的印象。

叔叔年轻时学过胡琴，父亲帮我把那把旧琴要来并要叔叔教我。虽然后来我也能拉出几首流行的歌曲，但最终还是不了了之。

1973年8月20日，我到县棉花加工厂去当合同工。我之所以能得到这份美差，是因为叔叔在棉花加工厂当会计，这当然也是父亲的推动。

我到棉花加工厂工作后，父亲从没问过我每天挣多少钱，更没跟我要过钱。每月发了工资我交给母亲，交多交少，母亲也不过问。

现在想起来，我在棉花加工厂工作期间，家里穷成那样子，母亲生了病都不买药，炕席破了都舍不得换，我却贪慕虚荣买新衣新鞋，花钱到理发铺里理大分头，与工友凑份子喝酒……挥霍钱财，真是罪过。

后来，我从棉花加工厂当了兵，当兵后又提了干，成了作家，几十年一转眼过来，父亲从来没问过我挣多少钱，更没跟我要过钱。

每次我给他钱，他都不要，即便勉强收下，他也一分不花，等到过年时，又分发给孙子孙女和我朋友的孩子们。

1982年暑假，我接到了部队战友的一封信，告诉我提干命令已经下来的消息。我大哥高兴地把信递给扛着锄头刚从地里回来的父亲。父亲看完了信，什么也没说，从水缸里舀了半瓢水，咕嘟咕嘟喝下去，扛着锄头又下地干活儿去了。农村青年在部队提成军官，这在当时是轰动全村的大事，父亲表现得那样冷静，那样克制。

我写小说三十多年，父亲从未就此事发表过他的看法，但我知道他是一直担着心的。他不放过一切机会提醒我：一定要谦虚、谨慎，看问题一定要全面，对人要宽厚，要记别人的恩，不记别人的仇。

这些几近唠叨的提醒，对我的做人、写作发挥了作用。

父亲经历过很多事，对近百年高密东北乡的历史变迁了如指掌，他自身的经历也颇有传奇色彩。但他从来不说，我也不敢直接去问他。只是在家里来客，三杯酒后，借着酒兴，父亲才会打开话匣子，谈一些历史人物、陈年旧事。

我知道这是父亲有意识地讲给我听的，我努力地记着，客人走后就赶快找笔把这些宝贵的素材记下来。

2012年10月我获得诺贝尔文学奖后,父亲以他质朴的言行赢得了许多尊敬。

所谓的"莫言旧居",父亲是早就主张拆掉的,之所以未拆,是因为有孤寡老人借居。我获奖后旧居成为热点,市里要出资维修,一些商人也想借此做文章。父亲说,维修不应由政府出钱。他拿出钱来,对房子进行了简单维修。后来,父亲又做出决定,让我们将"旧居"捐献给市政府。

当有人问起获奖后我的身份是否会变化时,父亲代我回答:"他获不获奖,都是农民的儿子。"当有人慷慨地向我捐赠别墅时,父亲代我回答:"无功不受禄,不劳动者不得食。"

获奖后,父亲对我说的最深刻的两句话是:"获奖前,你可以跟别人平起平坐;获奖后,你应该比别人矮半头。"

父亲不仅这样要求我,他也这样要求自己。儿子获奖前,他与村里人平起平坐;儿子获奖后,他比村里人矮半头。当然,也许会有人就我父亲这两句话做出诸如"世故"甚至是"乡愿"的解读,怎么解读是别人的事,反正我是要把这两句话当成后半生的座右铭了。真心实意地感到自己比别人矮半头总比自觉高人一头要好吧。

(2015年8月20日)

陪女儿高考

那天晚上，带着书、衣服、药品、食物等诸多在这三天里有可能用得着的东西，搭出租车去赶考。我们运气很好。女儿的考场排在本校，而且提前在校内培训中心定了一个有空调的房间。既是熟悉的环境，又免除了来回奔波之苦。坐在出租车上，看到车牌照上的号码尾数是575，心中暗喜，也许就能考575分，那样上个重点大学就没有问题了。车在路口等灯时，侧目一看旁边的车，车牌的尾数是268，心里顿时沉重起来，如果考268分那就糟透了。赶快看后边的车牌尾数，是629，心中大喜，但转念一想，女儿极不喜欢理科而学了理科，二模只模了540分，怎么可能考629？能考575就是天大的喜事了。

车过了三环路，看到一些学生和家长背包提篮地向几家为高考学生开了特价房间的大饭店拥去。虽说是特价，但每天还是要400元，而我们租的房间只要120元。在这样的时刻，钱是小事，关键的是这些大饭店距考场还有一段搭车不值、步行又嫌远的尴尬距离，而我们的房间距考场只有一百米！我心中满是感动，为了这好运气。

安顿好行李后，女儿马上伏案复习语文，说是"临阵磨枪不快也光"。我劝她看看电视或者到校园里转转，她不肯。一直复习到深夜十一点，在我的反复劝说下才熄灯上床。上了床也睡不着，一会儿说忘了《墙头马上》是谁的作品，一会儿又问高尔基到底是俄国作家还是苏联作家。我索性装睡不搭她的话，心中暗暗盘算，要不要给她吃安定片。不给她吃怕折腾一夜不睡，给她吃又怕影响了脑子。终于听到她打起了轻微的鼾，不敢开灯看表，估计已是零点多了。

凌晨，窗外的杨树上，成群的麻雀齐声噪叫，然后便是喜鹊喳喳地大叫。我生怕鸟叫声把她吵醒，但她已经醒了。看看表才四点多钟。这孩子平时特别贪睡，别说几声鸟叫，就是在她耳边放鞭炮也惊不醒，常常是她妈搬着她的脖子把她搬起来，一松手，她随即躺下又睡过去了，但现在几声鸟叫就把她惊醒了。拉开窗帘看到外边天已大亮，麻雀不叫了，喜鹊还在叫。我心中欢喜，因为喜鹊叫是个好兆头。女儿洗了一把脸又开始复习，我知道劝也没用，干脆就不说什么了。离考试还有四个半小时，我很担心到上考场时，她已经很疲倦了，心中十分着急。

早饭就在学校食堂里吃，这个平时胃口很好的孩子此时一点儿胃口也没有。饭后劝她在校园里转转,刚转了几分钟,她说还有许多问题没有搞清楚,然后又匆匆上楼去复习。从七点开始她就一趟趟地跑卫生间。我想起了我的奶奶。当年闹日本的时候,一听说日本鬼子来了我奶奶就往厕所跑。

终于熬到了八点二十分,学校里的大喇叭开始广播考生须知。我送女儿去考场,看到从培训中心到考场的路上拉起了一条红线,家长只许送到线外。女儿过了线,去向她学校的带队老师报到。

八点三十分,考生开始入场。我远远地看到穿着红裙子的女儿随着成群的考生拥进大楼,终于消失了。距离正式开考还有一段时间,但方才还熙熙攘攘的校园内已经安静了下来,杨树上的蝉鸣变得格外刺耳。一位穿着黄裤子的家长仰脸望望,说:"北京啥时候有了这玩意儿?"另一位戴眼镜的家长说:"应该让学校把它们赶走。"又有人说:"没那么悬乎,考起来他们什么也听不到的。"正说着蝉的事,看到一个手提着考试袋的小胖子大摇大摆地走了过来。人们几乎是一起看表,发现离开考还有不到十分钟了。几个带队的老师迎着那小胖子跑过来,好像是责怪他来得太晚了。但那小胖子抬腕看看表,依然是不慌不忙地、大摇大摆地向考场走。家长们都被这个小子从容不迫的气度所折服。有的说,这孩子,如果不是个最好的学生,就是一个最坏的学生。穿黄裤子的家长说,不管是好学生还是坏学生,他的心理素质绝对好,这样的孩子长大了可

读客当代文学文库

以当指挥官。不管怎么说，我的女儿已经平平安安地坐在考场里，现在已经拿起笔来开始答题了吧。

考试正式开始了，蝉声使校园里显得格外安静。我们这些住在培训中心的幸运家长，站在树荫里，看到那些聚集在大门外强烈阳光里的家长，心中又是一番感慨。因为我们事先知道了培训中心对外营业的消息，因为我们花了每天120元钱，我们就可以站在树荫里看着那些站在烈日下的与我们身份一样的人。可见世界上的事情，绝对的公平是不存在的，譬如这高考，本身也存在着很多不公平，但它已经是当下最公平的人才选拔方式了。

有的家长回房间里去了，但大多数的家长还站在那里说话。话题飘忽不定，一会儿说天气，说北京成了非洲了，成了印度了，一会儿又说当年的高考是如何地随便，不像现在的如临大敌。

将近十一点半时，家长们都把着红线眼巴巴地望着考试大楼。大喇叭响起来说时间到了，请考生立即停止书写，把卷子整理好放在桌子上。女儿的年级主任跑过来兴奋地对我说："莫先生，有一道18分的题与我们海淀区二模卷子上的题几乎一样！"家长们也随着兴奋起来。

学生们从大楼里拥出来。我发现了女儿，远远地看到她走得很昂扬，心中感到有了一点儿底。看清了她脸上的笑意，心中更加欣慰。迎住她，听她说："感觉好极了，一进考场就感到心中十分宁静，作文写得很好，题目是《天上一轮绿月亮》。"

下午考化学，散场时大多数孩子都是喜笑颜开，都说今年的化学题出得比较容易，女儿自觉考得也不错。第一天大获全胜，赶快打电话往家报告喜讯。晚饭后女儿开始复习数学，直至十一点。临睡前她突然说："爸爸，下午的化学考卷上，有一道题，说'原未溶解……'我审题时，以为卷子印错，在'原未'的'未'字上用铅笔写了一个'来'字，忘记擦去了。"我说这有什么关系？她突然紧张起来，说监考老师说，不许在卷子上做任何记号，做了记号的就当作弊卷处理，得零分。她听不进我的劝，心情越来越坏，说："我完了，化学要得零分了。"我说："我说了你不信，你可以打电话问问你的老师，听听她怎么说。"她给老师打通了电话，一边诉说一边哭。老师也说没有事。但她还是不放心。

凌晨一点钟，女儿心事重重地睡着了。我躺在床上暗暗地祷告诸神保佑，让孩子一觉睡到八点，但愿她把化学的事忘记，全身心投入到明天的考试中去。明天上午考数学，下午物理，这都是她的弱项。

（2000年8月）

我的室友余华

1987年，有一位古怪而残酷的青年小说家以他的几部血腥的作品，震动了文坛。此人姓余名华，浙江海盐人。后来，我有幸与他同居一室，进行着同学的岁月，逐渐对这个"诡异的灵魂"有所了解。坦率地说，这是个令人"不愉快"的家伙。他不会顺人情说好话，尤其不会崇拜"名流"。据说他曾当过五年牙医，我不敢想象病人在这个狂生的铁钳下将遭受什么样的酷刑。当然，余华有他的另一面，这一面与大家差不多。这一面在文学的目光下显得通俗而平庸。我欣赏的是那些独步雄鸡式的、令人"不愉快"的东西。"正常"的人一般都在浴室里引吭高歌，余华则在大庭广众面前"狂叫"，他基本不理会别人会有的反应，而比较自由地表现他狂欢的本性。狂欢是童心的最露骨的表现，是浪漫精神最充分的体验。这家伙在某种意义上是个顽童，在某种意义上又是个成熟得可怕的老人。对人的了解促使我重新考虑他的小说，试图说一点儿关于艺术的话，尽管这显得多余。任何一位有异秉的人，都是一个深不可测的陷阱，都是一本难念的经文，都是一颗难剃的头颅。对余华的分析，注定了也是一桩出力不讨好的营生。这里用得上孔夫子精神：知其不可为而为之。

我首先要做的工作是缩小范围，把这个复杂的性格抛到一边，简单地从思想和文学的能力方面给他定性。首先，这是一个具有很强的理性思维能力的人。他清晰的思想脉络，借助于有条不紊的逻辑转换词，曲折但是并不隐晦地表达出来。其次，这个人具有在小说中施放烟幕弹，并且具有超卓的在烟雾中捕捉亦鬼亦人的幻影的才能。上述两方面的结合，正如矛盾的统一，构成了他的一批条理清楚的——仿梦小说。于是余华便成了中国当代文坛上的第一个清醒的说梦者。

这种类型的小说，我认为并非从余华始，如卡夫卡的作品，可以说篇篇都有梦中境界。余华曾坦率地述说过卡夫卡对他的启示。在他之前，加西亚·马尔克斯在巴黎的阁楼上读《变形记》后，也曾如梦初醒地骂道："妈的！小说原来可以这样写。"

这是一种对于小说的顿悟，而那当头的棒喝，完全来自卡夫卡小说中那种对生活或者是世界的独特的看法。卡夫卡如同博尔赫斯一样，是一位为作家写作的作家。他的意义在于他的小说中那种超越生活的、神谕般的力量。每隔些年头，就会有一个具有慧根的天才，从他的著作中读出一些法门来，从而羽

不被大风吹倒

化成仙。余华就是一个这样的幸运儿郎。

毫无疑问,这个令人"不愉快"的家伙是个"残酷的天才"。也许是牙医的生涯培养和发展了他的天性,促使他像拔牙一样把客观事物中包含的确定性的意义全部拔除了。据说他当牙医时就是这样:全部拔光,不管好牙还是坏牙。这是一个彻底的牙医,改行后,变成了一个彻底的小说家。在他营造的文学口腔里,剩下的只有血肉模糊的牙床,向人们昭示着牙齿们曾经存在过的幻影。如果让他画一棵树,他大概只会画出树的影子。

是什么样的缘由,使余华成了这样的小说家?

现在,我翻开他的第一本小说《十八岁出门远行》。他写道:"柏油马路起伏不止,马路像是贴在海浪上。我走在这条山区公路上,我像一条船。"

小说一开篇,就如同一个梦的开始。这个梦有一个中心,就是焦虑,就是企盼,因企盼而焦虑,因焦虑而企盼,就像梦中的孩童因尿迫而寻找厕所一样。但我愿意把主人公寻找旅店的焦虑看成是寻找新的精神家园的焦虑。黄昏的来临加重了这焦虑,于是梦的成分愈来愈强:"公路高低起伏,那高处总在诱惑我,诱惑我没命地奔上去看旅店,可每次都只看到另一个高处,中间是一个叫人沮丧的弧度。"

这里描写的感觉是一种无法摆脱的强迫症,也是对希腊神话中,推巨石上高山的西西弗故事的一种改造。人生总是陷在这种荒谬的永无止境的追求之中，一直到最后的一刻才会罢休，圣贤豪杰，无一例外。这是真正的梦魇。

"尽管这样，我还是一次一次地往高处奔，次次都是没命地奔。眼下我又往高处奔去。这一次我看到了，看到的不是旅店而是汽车。"汽车突兀地出现在"我"的视野之内，而且是毫无道理地朝我开来，没有任何的前因后果。正符合梦的特征。

随即"我"就搭上了车，随即汽车就抛了锚。这也许是司机的诡计，也许是真的抛锚。后来，一群老乡拥上来把车上的苹果哄抢了。"我"为保护苹果结果竟然被司机打了个满脸开花。司机的脸上始终挂着笑容，并且抢走了"我"的书包和书。然后司机抛弃车辆，扬长而去。

这部小说的精彩之处，在于司机与那些抢苹果老乡的关系所布下的巨大谜团。这也是余华在这篇小说里释放的第一颗烟幕弹。事件是反逻辑的，但又准确无误。为什么？鬼知道。当你举着一大堆答案去向他征询时，他会说："我不知道。"他说的是真话。是的，他也不知道，梦是没有确定的意义的。梦仅仅是一系列由事件构成的过程，它只是作为梦存在着。

《十八岁出门远行》是当代小说中一个精巧的样板，它真正的高明即在于它用多种可能性瓦解了故事本身的意义。而让人感受到一种由悖谬的逻辑关系与清晰准确的动作构成的统一，所产生的梦一样的美丽。

应该进一步说明的是：故事的意义崩溃之后，一种关于人生、关于世界的崭新的把握方式产生了。这就是他在他的小说的宣言书《虚伪的作品》中所阐述的："人类自身的肤浅来自经验的局限和对精神本质的疏远，只有脱离常识，背弃现状世界提供的秩序和逻辑，才能自由地接近真实。"

其实，当代小说的突破早已不是形式上的突破，而是哲学上的突破。余华能用清醒的思辨来设计自己的方向，这是令我钦佩的，自然也是望尘莫及的。

（1989年12月）

忆史铁生

我第一次见史铁生是1985年春天,在王府井大街北口的华侨大厦,我的中篇小说《透明的红萝卜》的研讨会上。那时候我们都还年轻。那时候为一部无名气的年轻作者的中篇小说召开一次高级别的研讨会还是一件很轰动的事情。我之所以说会议级别高,不仅因为会议是中国作协领导冯牧先生召集并主持的,还在于参会的人几乎囊括了在京的所有著名的文艺批评家,以及几位著名的作家。我记得冯牧先生做会议总结时还特意说:"今天这个会规格很高,连汪曾祺汪老与史铁生同志都来了。"汪曾祺先生出身西南联大,是沈从文先生的高足,当时正因为《受戒》《大淖记事》那一批美学风格鲜明的小说备受关注,冯先生称他为"汪老",也就是正常的了。但冯牧先生把史铁生的参会当作会议规格很高的一个证明,的确有点儿出乎我的意料。

铁生是1951年出生的,当时三十四岁,他的《我的遥远的清平湾》刚获得全国优秀短篇小说奖。他糟糕的身体状况和他的睿智深刻使我对他的尊重之外还有几分敬畏。在他面前,我很拘谨,生怕说出浮浅的话惹他嗤笑,生怕说出唐突的话让他不高兴,但相处久了,发现我这些担心都是多余的。一般情况下,当着身体有残疾的人的面说此类话题是不妥当的,但口无遮拦的余华经常当着史铁生的面说出此类话题,而史铁生只是傻呵呵地笑着,全无丝毫的不悦。

我记得在关于《透明的红萝卜》的讨论会上,史铁生发言时情绪很激动,他似乎对一些脱离文学本质的所谓的文学批评很反感,说了一些比较尖锐的话,让在座的一些批评家有点儿坐不安宁的样子。他在发言结束时才补充了一句:"对了,这个《透明的红萝卜》是篇好小说。"尽管他没解释为什么说《透明的红萝卜》是篇好小说,但我还是很高兴,似乎知道他要说什么,这甚至有点儿心有灵犀的意思。

之后的岁月里,我们见面的机会不少,但要说的事却不多。如果要笼统地说一下,那就是,他总是那么乐观,总是那么理性。他说话的时候少,听话的时候多,但只要他一开口,总是能吐出金句。他处在人生的最低处,但他的精神总能如雄鹰翱翔在云端之上。

大概是1990年秋天,我与余华等人在鲁迅文学院学习时,辽宁文学院的朋友请我们去他们那儿给学员讲课,讲课是个借口,主要目的是大家凑在一起玩玩。余华提议把史铁生叫上,

不被大风吹倒

我们担心他的身体，怕他拒绝，没想到他竟愉快地答应了。那时候从北京到沈阳直快列车要跑一夜，我们几个把史铁生连同他的轮椅一起抬到列车上。铁生戏说他是中国作家中被抬举最多的一个。

到了沈阳，我们就住在文学院简陋的宿舍里，下棋、打扑克、侃大山。大家都集合在铁生的房间里，一起抽烟，熏得屋子里像烧窑一样。抽烟多了，口淡，想吃水果却没有。于是，余华带着我，或者我带着余华，去学校的菜地里摘黄瓜。他们的菜园子侍弄得不错，黄瓜长得很好。我们摘回了十几条黄瓜，大家一顿狂吃，都夸好，甚至有人说从来没吃过这么好吃的黄瓜。

有一天，学员们要与我们北京来的几位作家踢足球，没有足球场地，就在篮球场上，篮球架下的框子就是球门。余华把史铁生推到框子下，让他当守门员，然后对辽宁文学院那帮猛男说："史铁生是一位伟大的身有残疾的作家，你们看着办吧。"那帮猛男都怕伤了史铁生，先是只防守不进攻，后来急了眼，对着自家的球门踢起来，于是，两支球队合攻一个球门的奇观就出现了，撇下了史铁生坐在轮椅上抽烟，傻笑。

（2024年9月20日）

我眼中的阿城

　　阿城的确说过我很多好话，在他的文章里，在他与人的交谈中。但这并不是我要写文章说他好的主要原因。阿城是个想得明白也活得明白的人，好话与坏话对他都不会起什么反应，尤其是我这种糊涂人的赞美。

　　十几年前，阿城的《棋王》横空出世时，我正在解放军艺术学院文学系里念书，听了一些名士大家的课，脑袋里狂妄的想法很多，虽然还没写出什么文章，但能够看上的文章已经不多了。这大概也是所有文学系或是中文系学生的通病，第一年犯得特别厉害，第二年就轻了点儿，等到毕业几年后，就基本上全好了。

　　但阿城的《棋王》确实把我彻底征服了。那时他在我的心目中毫无疑问是个巨大的偶像，想象中他应该穿着长袍马褂，手里提着一柄麈尾，披散着头发，用朱砂点了唇和额，一身的仙风道骨，微微透出几分妖气。当时文学系的学生很想请他来讲课，系里的干事说请了，但请不动。我心中暗想：高人如果一请就来，还算什么高人？

很快我就有机会见到了阿城，那是在一个刊物召开的关于小说创作的会议期间，在几个朋友的引领下，去了他的家。他家住在一个大杂院里，房子破烂不堪，室内也是杂乱无章，这与我心里想的很贴。人多，七嘴八舌，阿城坐着抽烟，好像也没说几句话。他的样子让我很失望，因为他身上没有一丝仙风，也没有一丝道骨，妖气呢，也没有。知道的说他是个作家，不知道的说他是个什么也成。但我还是用"真人不露相，露相不真人"来安慰自己。

后来我与他一起去大连金县开一个笔会，在一起待了一周，其间好像也没说几句话。参加会议的还有一对著名的老夫妻，女的是英国人，男的是中国人，两个人都喜欢喝酒，是真喜欢，不是假喜欢。这两口子基本上不喝水，什么时候进了他们的房间什么时候都看到他们在喝酒，不用小酒盅，用大碗，每人一个大碗，双手捧着，基本上不放下，喝一口，抬起头，笑一笑，哈哈哈，嘿嘿嘿。哈哈哈是女的，嘿嘿嘿是男的。下酒的东西那是一点儿也没有，有了也不吃。

就在这两个老刘伶的房间里，我们说故事，我讲了一些高密东北乡的鬼故事，阿城讲了一些天南海北、古今中外的人物故事，男老刘伶讲了几个黄色的故事。说是黄故事其实也不太黄，顶多算米黄色。女老刘伶不说话，眯着眼，半梦半醒的样

不被大风吹倒

子，嘴角挂着一丝微笑。在讲完了旧故事又想不出一个新故事的空当里，我们就看房间里苍蝇翻着筋斗飞行。

我们住的是一些海边的小别墅，苍蝇特多。苍蝇在老酒仙的房间里飞行得甚是古怪，一边飞一边发出尖厉的啸声，好像打着螺旋往下坠落的战斗机。起初我们还以为发现了一个苍蝇新种，后来才明白它们是被酒气熏的。阿城的儿子不听故事也不看苍蝇，在地毯上打滚儿、竖蜻蜓。

在这次笔会上，我发现了阿城的一个特点，那就是吃起饭来不抬头也不说话，眼睛只盯着桌子上的菜盘子，吃的速度极快，连儿子都不顾，只顾自己吃。我们还没吃个半饱，他已经吃完了。他这种吃相在城里算不上文明，甚至会被人笑话，我转弯抹角地说起过他的吃相，他坦然一笑说自己知道，但一上饭桌就忘了，这是当知青时养成的习惯，说是毛病也不是不可以。其实我也是个特别贪吃的人，见了好吃的就奋不顾身，为此遭到很多非议，家中的老人也多次批评过我。见到阿城也这样，我就感到自己与他的距离拉近了许多，心中也坦然了许多：阿城尚如此，何况我乎？

阿城写完他的"三王"和《遍地风流》之后就到美国去了，虽远隔大洋，但关于他的传闻还是不绝于耳，最让人吃惊的是说他在美国用旧零件装配汽车，制作出各种艺术样式，卖给喜欢猎奇的美国人，赚了不少钱。后来他回北京时我去看他，问起他制造艺术汽车的事，他淡淡一笑，说哪会有这样

的事？

近年来阿城出了两本小书，一本叫作《闲话闲说》，一本叫作《威尼斯日记》。阿城送过我台湾版的，杨葵送过我作家版的。两个版本的我都认真地阅读了，感觉好极了，当然并不是因为他在书中提到了我（而且我也不记得讲过这样一个故事）。实话实说我觉得阿城这十几年来并没有进步，当然也没有退步。一个人要想不断进步不容易，但要想十几年不退步就更不容易。阿城的小说一开始就站在了当时高的位置上，达到了一种世事洞明、人情练达的境界，而十几年后他写的随笔保持着同等的境界。

读阿城的随笔就如同坐在一个高高的山头上看山下的风景。城镇上空缭绕着淡淡的炊烟，街道上的红男绿女都变得很小，狗叫马嘶声也变得模模糊糊，你会暂时地忘掉人世间的纷乱争斗，即便想起来也会感到很淡漠。阿城的随笔能够让人清醒，能够让人超脱，能够让人心平气和地生活着，并且感受到世俗生活的乐趣。

阿城闲话闲说

到了魏晋的志怪志人，以至唐的传奇，没有太史公不着痕迹的布局功力，却有笔记的随记随奇，一派天真。

后来的《聊斋志异》，虽然也写狐怪，却没有了天真，但故事的收集方法，蒲松龄则是请教世俗。

莫言也是山东人，说和写鬼怪，当代中国一绝，在他的家乡高密，鬼怪就是当地的世俗构成。像我这类四九年后城里长大的，哪里就写过他了？我听莫言讲鬼怪，格调情怀是唐以前的，语言却是现在的，心里喜欢，明白他是大才。

八六年夏天我和莫言在辽宁大连，他讲过有一次他回家乡山东高密，晚上进到村子，村前有个芦苇荡，于是卷起裤腿涉水过去。不料人一搅动，水中立起无数的小红孩儿，连说吵死了吵死了，莫言只好退回岸上，水里复归平静。但这水总是要过的，否则如何回家？家就近在眼前，于是再到水里，小红孩儿则又从水中立起，连说吵死了吵死了。反复了几次之后，莫言只好在岸上蹲了一夜，天亮才涉水回家。

这是我自小以来听到的最好的一个鬼故事，因此高兴了好久，好像将童年的恐怖洗尽，重为天真。

引用了阿城的话，有拉大旗作虎皮之嫌。当年阿城说我

不被大风吹倒

是大才，我心中沾沾自喜，仿佛真的就成了大才。但事过多年后，我才发现这过度的表扬是害人不浅的糖衣炮弹。他让我迷糊了将近十年。直到现在才明白，我根本就不是什么大才，连中才也算不上。如果我这样的就算大才，那我们村子里的那些老头老太太都是超大才了。充其量我也只是个用笔杆子耍贫嘴的，用我们村子里的价值标准来衡量，属于下三烂的货色。

我们村子里的人经常奚落那些自以为有本事的人，说你有本事为什么不到国务院里去？为什么不到联合国里去？最不济你也应该到省里去啊，何必再在这里丘着？听了乡亲们的话，我有犹如被当头棒喝般的觉悟，是啊，如果真是大才，何必还来费时把力地写什么小说？小说，小说，小人之语也，那些把小说说成高尚、伟大之类的人，无非是借抬高职业来抬高自己的身份。

我想起多年前在县医院门口那个卖茶叶蛋的老太太那副骄傲的嘴脸，我想起一个给猪配种的人斩钉截铁的话语："没有我，你们就没有肉吃。"其实，卖茶叶蛋的老太太可以骄傲，给猪配种的人也可以骄傲，因为他们毕竟是有用的人，唯独写小说的不值得骄傲。写小说的如果脸皮够厚，在外边骄傲还可以，如果回到故乡还骄傲，那就等着挨你爹的耳刮子，等着让你的乡亲们嗤之以鼻吧。"骗子最怕老乡亲"，这句话就是针对着写小说的说的。美国当年有"天才"之誉的小说家托马斯·沃尔夫，生前不敢回故乡，英国小说家劳伦斯也被他的乡亲宣布为不受欢迎的人。他们都是在外边吹牛太过,不知天高地厚,伤了乡亲们的感情。至于他们死后多年,故乡用宽广胸怀重新接受了他们,那就是另外一回事了。

不久前我被邀请担任台北市驻市作家,与阿城同住一楼,其间多次相聚,感到阿城更神了。无论到了哪里,即便他坐在那里叼着烟袋锅子一声不吭,你也能感到,他是个中心。大家都在期待着他的妙语和高论。无论什么稀奇古怪的问题,只要问他,必有一解,且引经据典,言之凿凿,真实得让人感到不真实。不知道他那颗圆溜溜的脑袋瓜子里,是如何装进了这许多的知识。

在阿城面前不能骄傲,犹如在我的乡亲们面前不能骄傲一样。这个人,越来越像一个道长了。

(2002年12月)

怀念孙犁先生

孙犁先生创办的《天津日报·文艺周刊》即将出刊三千期，真是可敬可贺！作为报纸副刊，能够持续出满三千期，在中国的报刊史上，都是可圈可点的事吧！这与孙犁先生一生秉持的严谨、认真的作风密不可分，也与该报贴近生活、注重文学性的办报风格有关。

我与孙犁先生素无交往，但在童年时，曾在家兄的中学语文课本上反复阅读过他的《荷花淀》与《芦花荡》，受益良多。后来又从小学老师那里借阅了他的《铁木前传》与《风云初记》，进一步加深了对这位大作家的印象。

1979年，我调到保定易县的部队工作，业余时间学习文学创作，与保定文坛建立了密切联系，详细了解并亲身感受到了孙犁先生开创的荷花淀派以及他本人在保定文坛巨大的影响。我几乎从保定文坛的每一位老师那里都听说过孙犁先生的故事，对这位文学前辈的敬仰与日俱增，也暗下决心要以他为

不被大风吹倒

楷模，努力地向荷花淀派靠近，争取能成为其中的一名成员。为此，我还跟《莲池》编辑部的毛兆晃老师去白洋淀体验过生活。在我早期的小说里，据说也能看出"荷花淀"的影响。当然，我也有着能见到孙犁先生并亲聆教诲的梦想，编辑部的老师也鼓励我将自己的小说寄给先生求教，但我终因胆怯而未敢贸然打扰。

1984年初春，我在《莲池》编辑部改稿，翻阅办公室报夹上的《天津日报》时，猛然发现孙犁先生发表在《文艺周刊》上的《读小说札记》，首段就写道："去年的一期《莲池》，登了莫言的一篇小说，题为《民间音乐》。我读过后，觉得写得不错……小说的写法，有些欧化，基本上还是现实主义的。主题有些艺术至上的味道，小说的气氛，还是不同一般的，小瞎子的形象，有些飘飘欲仙的空灵之感。"

我现在还清楚记得这些文字，但依然无法描述当时激动的心情。

孙犁先生的这段评价，对我后来报考解放军艺术学院文学系发挥了积极的作用。拍板决定录取我的徐怀中先生是河北人，他非常喜欢孙犁先生的小说，对孙犁先生的人格也有着极高的评价。我觉得徐怀中先生的小说里也有荷花淀派的美学风格。

入学后，给我们讲文艺理论课的冉淮舟老师是孙犁研究专家。他一口浓郁的保定口音让我倍感亲切，我在保定文坛的那些老师，都是他的朋友。

去年5月初，我重返白洋淀，参观了坐落在嘎子村里的"孙犁致徐光耀手书陈列室"，见到了很多朋友的照片与孙犁先生的墨迹，回忆起很多往昔的生活画面。当然，感受最深的，依然是孙犁先生在保定这片文学沃土上持续不断的影响。

（2024年9月6日）

第五章

一个作家读另一个作家的书,
实际上是一次对话,
甚至是一次恋爱。

阅读的意义是什么

早上翻了一下《北京青年报》，有整整一版关于阅读的照片。其中有一个云南某地少数民族的老太太在她的庭院里阅读，老太太坐在矮凳上，旁边有两只鸡在啄食；还有一群戴红领巾的孩子在台阶上阅读，很像是三联书店里的情景；还有一个年轻人躺在路边的长椅上阅读；还有一个人坐在沙发上阅读。这仅仅是日常阅读生活中的几个场景。在我们的生活中，实际上存在着各种各样的阅读方式。

《三字经》也曾经给我们列举了很多古人阅读的榜样：有的人把邻居家的墙壁凿一个洞，偷光阅读；有的人趴在雪地上借着雪的光阅读；有的人骑在牛背上，把书挂在牛角上阅读；有的人捉了很多萤火虫用布包起来，借萤火虫的光阅读。但后来证明很多方式都是不可行的，有人捉了数百个萤火虫包起来，发现这集中起来的光不足以照亮书上的字。我趴在雪上看过书，书上一片模糊。而把书挂在牛角上阅读更是不可行，那

不被大风吹倒

还不如骑在牛背上捧着书阅读。只有把邻居的墙壁凿开一个洞借光阅读比较可行。《三字经》上这样说,是告诉我们不要怕艰难,只要有可能就要尽量读书,然后通过读书改变命运。

当今的阅读,其实也不仅仅是指捧着一本书读。我们上网浏览是阅读,去观察社会、欣赏自然风光也是一种阅读。阅读跟我们人类的生活息息相关,写作的人更离不开阅读。

中央电视台和新闻出版总署共同主办的一个节目叫《书香中国》,我与一位东北作家和一位江南作家被邀请参加了这个节目。主持人在向观众介绍我们的时候说:"请三位读者上场。"我被人家称为作者称习惯了,一时还反应不过来。上去之后我才意识到说我们是读者很准确,因为我们的写作是从阅读开始的。我们在阅读别人的书籍的过程中萌发了写作的兴趣,然后才开始了写作;我们在阅读别人的书籍的过程中得到了知识,提高了写作技巧。节目要求我们每个人举出一段自己印象最深刻的文字,然后当众阅读。我选的是《儒林外史》第一章里描写画家王冕给人家放牛学画画的一段文字,一场暴雨过后池塘里的荷花和天上的云霞的描写。我为什么选这一段呢?因为这段对大自然的描写,有非常强烈的画面感,给我留下了很深的印象,而且和童年阅读有关。骑在牛背上阅读确实是很美的回忆,我们这种农村孩子大多有这种体验。东北作家选择的是她故乡的一个女作家——萧红的《呼兰河传》里面一段关于天上的云彩描写,这在过去的小学课本里叫《火烧云》。江南作家选的是海明威的中篇小说《乞力马扎罗的雪》里面的一段,在海拔数千米的雪山之巅上有一只冻僵了的豹子的尸体。这肯定是一个象征。豹子为什么要爬到这么高的雪山上去,它去上面找什么?那上面并没有食物。所以我想那豹子实际上是在行走,豹子实际上是要到一个高的精神境界寻找一种精神追求。这乞力马扎罗山上被冻死的豹子,也是我们人类追求更高境界的一个象征。

关于阅读的话题,是说不尽的。"读万卷书,行万里路"是一句老话。用现代化的方式行走,十万里都不算困难,去一趟南极就是几万里,但是读一万卷书确实是非常不容易。就算一天读一本书,一年读三百六十五本,读一万卷书差不多要三十年,而我们从有阅读能力到失去阅读能力的时间,也就五十年左右。谁能一天读一本书呢?谁能每天都读书呢?但是阅读确实是我们人类一项重要的活动。我们的社会能够进步,人类能够发展,生活能更美好,离开了这项行为是不可能的。在我们的财力、物力和时间允许的前提下,睁开我们的双眼多读一点儿。等将来我们看不动了的时候,躺在床上回忆我们看过的书,也是一种幸福。

(2011年4月23日)

童年读书

我童年时的确迷恋读书。那时候既没什么电影更没有电视，连收音机都没有。只有在每年的春节前后，村子里的人演一些《血海深仇》《三世仇》之类的忆苦戏。在那样的文化环境下，看"闲书"便成为我的最大乐趣。我体能不佳，胆子又小，不愿跟村里的孩子去玩上树下井的游戏，偷空就看"闲书"。父亲反对我看"闲书"，大概是怕我中了书里的流毒，变成个坏人；更怕我因看"闲书"耽误了割草放羊。我看"闲书"就只能像地下党搞秘密活动一样。后来，我的班主任家访时对我的父母说其实可以让我适当地看一些"闲书"，形势才略有好转。但我看"闲书"的样子总是不如我背诵课文，或是背着草筐、牵着牛羊的样子让我父母看着顺眼。人真是怪，越是不让他看的东西、越是不让他干的事情，他看起来、干起来越有瘾，所谓偷来的果子吃着香就是这道理吧。我偷看的第一本"闲书"，是绘有许多精美插图的神魔小说《封神演义》，那是邻村一个石匠家的传家宝，轻易不借给别人。我为他家拉了一上午磨才换来看这本书一下午的权利，而且必须在他家磨道里看并由他女儿监督着，仿佛我把书拿出门就会去盗版一样。这本用汗水换来短暂阅读权的书留给我的印象十分深刻，那骑在老虎背上的申公豹、鼻孔里能射出白光的郑伦、能在地下行走的土行孙、眼里长手手里又长眼的杨任，等等等等，一辈子也忘不掉啊。所以前几年在电视上看了连续剧《封神榜》，替古人不平，如此名著，竟被糟蹋得不成模样。其实这种作品，是不能弄成影视的，非要弄，我想只能弄成动画片，像《大闹天宫》《唐老鸭和米老鼠》那样。

后来又用各种方式，把周围几个村子里流传的几部经典，如《三国演义》《水浒传》《儒林外史》之类，全弄到手看了。那时我的记忆力真好，用飞一样的速度阅读一遍，书中的人名就能记全，主要情节便能复述，描写爱情的警句甚至能成段地背诵。现在完全不行了。后来又把"文革"前那十几部著名小说读遍了。记得从一个老师手里借到《青春之歌》时已是下午，明明知道如果不去割草羊就要饿肚子，但还是挡不住书的诱惑，一头钻到草垛后，一下午就把大厚本的《青春之歌》读完了。身上被蚂蚁、蚊虫咬出了一片片的疙瘩。从草垛后晕头涨脑地钻出来，已是红日西沉。我听到羊在圈里狂叫，饿的。我心里忐忑不安，等待着一顿痛骂或是痛打。但母亲看看我那副样子，宽容地叹息一声，没骂我也没打我，只是让我赶

读客当代文学文库

快出去弄点儿草喂羊。我飞快地蹿出家院,心情好得要命,那时我真感到了幸福。

我的二哥也是个书迷,他比我大五岁,借书的路子比我要广得多,常能借到我借不到的书。但这家伙不允许我看他借来的书。他看书时,我就像被磁铁吸引的铁屑一样,悄悄地溜到他的身后,先是远远地看,脖子伸得长长的,像一只喝水的鹅,看着看着就不由自主地靠了前。他知道我溜到了他的身后,就故意地将书页翻得飞快,我一目十行地阅读才能勉强跟上趟。他很快就会烦,合上书,一掌把我推到一边去。但只要他打开书页,很快我就会凑上去。他怕我趁他不在时偷看,总是把书藏到一些稀奇古怪的地方,就像革命样板戏《红灯记》里的地下党员李玉和藏密电码一样。但我比日本宪兵队长鸠山高明得多,我总是能把我二哥费尽心机藏起来的书找到;找到后自然又是不顾一切,恨不得把书一口吞到肚子里去。有一次他借到一本《破晓记》,藏到猪圈的棚子里。我去找书时,头碰了马蜂窝,嗡的一声响,几十只马蜂蜇到脸上,奇痛难忍。但顾不上痛,抓紧时间阅读,读着读着眼睛就睁不开了。头肿得像柳斗,眼睛肿成了一条缝。我二哥一回来,看到我的模样,好像吓了一跳,但他还是先把书从我手里夺出来,拿到不知什么地方藏了,才回来管教我。他一巴掌差点儿把我扇到猪圈里,然后说:"活该!"我恼恨与疼痛交加,呜呜地哭起来。他想了一会儿,可能是怕母亲回来骂,便说:"只要你说是自己上厕所时不小心碰了马蜂窝,我就让你把《破晓记》读完。"我非常愉快地同意了。但到了第二天,我脑袋消了肿,去跟他要书时,他马上就不认账了。我发誓今后借了书也绝不给他看,但只要我借回了他没读过的书,他就使用暴力抢去先看。有一次我从同学那里好不容易借到一本《三家巷》,回家后一头钻到堆满麦秸草的牛棚里,正看得入迷,他悄悄地摸进来,一把将书抢走,说:"这书有毒,我先看看,帮你批判批判!"他把我的《三家巷》揣进怀里跑走了。我好恼怒!但追又追不上他,追上了也打不过他,只能在牛棚里跳着脚骂他。几天后,他将《三家巷》扔给我,说:"赶快还了去,这书流氓极了!"我当然不会听他的。

　　我怀着甜蜜的忧伤读《三家巷》,为书里那些小儿女的纯真爱情而痴迷陶醉。旧广州的水汽、市声扑面而来,在耳际、鼻畔缭绕。一个个人物活灵活现,仿佛就在眼前。当我读到区桃在沙面游行被流弹打死时,趴在麦秸草上低声抽泣起来。我心中那个难过,那种悲痛,难以用语言形容。那时我大概九岁吧?六岁上学,念到三年级的时候。看完《三家巷》,好长一段时间里,我心里怅然若失,无心听课,眼前老是晃动着美丽少女区桃的影子,手不由己地在语文课本的空白处,写满了区桃。班里的干部发现了,当众羞辱我,骂我是流氓,并且向班主任老师告发,老师只是笑了笑,一句话也没说。几十年后,我第一次到广州,串遍大街小巷想找区桃,可到头来连个胡杏

不被大风吹倒

都没碰到。我问广州的朋友，区桃哪里去了？朋友说："区桃们白天睡觉，夜里才出来活动。"

读罢《三家巷》不久，我从一个很赏识我的老师那里借到了一本《钢铁是怎样炼成的》。晚上，母亲在灶前忙饭，一盏小油灯挂在门框上，被腾腾的烟雾缭绕着。我个头矮，只能站在门槛上就着如豆的灯光看书。我沉浸在书里，头发被灯火烧焦也不知道。保尔和冬妮娅，肮脏的烧锅炉小工与穿着水兵服的林务官的女儿的迷人的初恋，实在是让我梦绕魂牵，跟得了相思病差不多。多少年过去了，那些当年活现在我脑海里的情景还历历在目。保尔在水边钓鱼，冬妮娅坐在水边树杈上读书……哎，哎，咬钩了，咬钩了……鱼并没咬钩。冬妮娅为什么要逗这个衣衫褴褛、头发蓬乱、浑身煤灰的穷小子呢？冬妮娅出于一种什么样的心态？保尔发了怒，冬妮娅向保尔道歉。然后保尔继续钓鱼，冬妮娅继续读书。她读的什么书？是托尔斯泰还是屠格涅夫？她垂着光滑的小腿在树杈上读书，那条乌黑粗大的发辫，那双湛蓝清澈的眼睛……保尔这时还有心钓鱼吗？如果是我，肯定没心钓鱼了。从冬妮娅向保尔真诚道歉那一刻起，童年的小门关闭，青春的大门猛然敞开了，一个美丽的、令人遗憾的爱情故事开始了。我想，如果冬妮娅不向保尔道歉呢？如果冬妮娅摆出贵族小姐的架子痛骂穷小子呢？那《钢铁是怎样炼成的》就没有了。一个高贵的人并不意识到自己的高贵才是真正的高贵，一个高贵的人能因自己的过失向比自己低贱的人道歉是多么可贵。我与保尔一样,也是在冬妮娅道歉那一刻爱上了她。说爱还早了点儿,但起码是心中充满了对她的好感,阶级的壁垒在悄然地瓦解。接下来就是保尔和冬妮娅赛跑,因为恋爱忘了烧锅炉;劳动纪律总是与恋爱有矛盾,古今中外都一样。美丽的贵族小姐在前面跑,锅炉小工在后边追……最激动人心的时刻到了:冬妮娅青春焕发的身体有意无意地靠在保尔的胸膛上……看到这里,幸福的热泪从高密东北乡的傻小子眼里流了下来。接下来,保尔剪头发,买衬衣,到冬妮娅家做客……我是三十多年前读的这本书,之后再没翻过,但一切都在眼前,连一个细节都没忘记。我当兵后看过根据这部小说改编的电影,但失望得很,电影中的冬妮娅根本不是我想象中的冬妮娅。保尔和冬妮娅最终还是分道扬镳,成了两股道上跑的车,各奔了前程。当年读到这里时,我心里那种滋味难以说清。我想如果我是保尔……但可惜我不是保尔……我不是保尔也忘不了临别前那无比温馨甜蜜的一夜……冬妮娅家那条凶猛的大狗,狗毛温暖,冬妮娅温馨如饴……冬妮娅的母亲多么慈爱啊,散发着牛奶和面包的香气……后来在筑路工地上相见,但昔日的恋人之间竖起了黑暗的墙,阶级和阶级斗争,多么可怕。但也不能说保尔不对,冬妮娅即使嫁给了保尔,也注定不会幸福,因为这两个人之间的差别实在是太大了。保尔后来又跟那个共青团干部丽达恋爱,这是革命时期的爱情,尽管也有感人之处,但比起与冬妮娅的初恋，缺少了那种缠绵悱恻的情调。最后，倒霉透顶的保尔与那个苍白的达雅结了婚。这桩婚事连一点点浪漫情调也没有。看到此处，保尔的形象在我童年的心目中就暗淡了。

读完《钢铁是怎样炼成的》，"文化大革命"就爆发了，我童年读书的故事也就完结了。

(1996年)

福克纳大叔，你好吗

前几天在斯坦福大学演讲时，我曾经说过，一个作家读另一个作家的书，实际上是一次对话，甚至是一次恋爱，如果谈得成功，很可能成为终身伴侣，如果话不投机，大家就各奔前程。今天，我就具体地谈谈我与世界各地的作家们对话，也可以说是恋爱的过程。在我的心目中，一个好的作家是长生不死的，他的肉体当然也与常人一样迟早要化为泥土，但他的精神却会因为他的作品的流传而永垂不朽。在今天这种纸醉金迷的社会里，说这样的话显然是不合时宜——因为比读书有趣的事情实在是太多了——但为了安慰自己，鼓励自己继续创作，我还是要这样说。

几十年前，当我还是一个在故乡的草地上放牧牛羊的顽童时，就开始了阅读生涯。那时候在我们那个偏僻落后的地方，书籍是十分罕见的奢侈品。在我们高密东北乡那十几个村子里，谁家有本什么样的书我基本上都知道。为了得到阅读这些书的权利，我经常去给有书的人家干活。我们邻村一个石匠家里有一套带插图的《封神演义》，这套书好像是在讲述三千年前的中国历史，但实际上讲述的是许多超人的故事。譬如说一个人的眼睛被人挖去了，就从他的眼窝里长出了两只手，手里又长出两只眼，这两只眼能看到地下三尺的东西；还有一个人，能让自己的脑袋脱离脖子在空中唱歌，他的敌人变成了一只老鹰，将他的脑袋反着安装在他的脖子上，结果这个人往前跑时，实际上是在后退，而他往后跑时，实际上是在前进。这样的书对我这样的整天沉浸在幻想中的儿童，具有难以抵御的吸引力。为了阅读这套书，我给石匠家里拉磨磨面，磨一上午面，可以阅读这套书两个小时，而且必须在他家的磨道里读。

总之，在我的童年时代，我付出了巨大的代价，把我们周围那十几个村子里的书都读完了。那时候我的记忆力很好，不但阅读的速度惊人，而且几乎是过目不忘。至于把读书看成是与作者的交流，在当时是谈不上的。当时是纯粹地为了看故事，而且非常地投入，经常因为书中的人物而痛哭流涕，也经常爱上书中那些可爱的女性。

我把周围村子里的十几本书读完之后，十几年里，几乎再没读过书。我以为世界上的书就是这十几本，把它们读完了，就等于把天下的书读完了。这一段时间我在农村劳动，与牛羊打交道的机会比与人打交道的机会多，我在学校里学会的那些字也几乎忘光了。但我的心里还是充满了幻想,希望能成为一个作家,过上幸福的生活。前几天在斯坦福演讲时,我曾经说是因为想过上一天三次吃饺子那样的幸福日子才发奋写作,其实,鼓舞我写作的,除了饺子之外,还有许多的原因,这些原因里,当了作家就有了读书的机会是最重要的。

我大量地阅读是在大学的文学系读书的时候,那时我已经写了不少小说。我第一次进学校的图书馆时大吃一惊,我做梦也没想到,世界上已经有这么多人写了这么多书。但这时我已经过了读书的年龄,我发现我已经不能耐着心把一本书从头读到尾,我感到书中那些故事都没有超出我的想象力。我把一本书翻过十几页就把作者看穿了。我承认许多作家都很优秀,但我跟他们之间共同的语言不多,他们的书对我用处不大,读他们的书就像我跟一个客人彬彬有礼地客套,这种情况直到我读到福克纳为止。

我清楚地记得那是1984年的12月里一个大雪纷飞的下午,我从同学那里借到了一本福克纳的《喧哗与骚动》,我端详着印在扉页上穿着西服、扎着领带、叼着烟斗的那个老头,心中不以为意。然后我就开始阅读由中国的一个著名翻译家写的那篇漫长的序文,我一边读一边欢喜,对这个美国老头许多不合时宜的行为我感到十分理解,并且感到很亲切。譬如他从小不认真读书,譬如他喜欢胡言乱语,譬如他喜欢撒谎,他连战场都没上过,却大言不惭地对人说自己驾驶着飞机与敌人在天上

读客当代文学文库

大战，他还说他的脑袋里留下一块巨大的弹片，而且因为脑子里有弹片，才导致了他烦琐而晦涩的语言风格。他去领诺贝尔奖奖金，竟然醉得连金质奖章都扔到垃圾桶里；肯尼迪总统请他到白宫去赴宴，他竟然说为了吃一次饭跑到白宫去不值得。他从来不以作家自居，而是以农民自居，尤其是他创造的那个"约克纳帕塔法县"更让我心驰神往。我感到福克纳像我的故乡那些老农一样，在用不耐烦的口吻教我如何给马驹子套上笼头。

接下来我就开始读他的书，许多人都认为他的书晦涩难懂，但我却读得十分轻松。我觉得他的书就像我的故乡那些脾气古怪的老农的絮絮叨叨一样亲切，我不在乎他对我讲了什么故事，因为我编造故事的才能绝不在他之下，我欣赏的是他那种讲述故事的语气和态度。他旁若无人，只顾讲自己的，就像当年我在故乡的草地上放牛时一个人对着牛和天上的鸟自言自语一样。在此之前，我一直还在按照我们的小说教程上的方法来写小说，这样的写作是真正的苦行。我感到自己找不到要写的东西，而按照我们教材上讲的，如果感到没有东西可写时，就应该下去深入生活。读了福克纳之后，我感到如梦初醒，原来小说可以这样地胡说八道，原来农村里发生的那些鸡毛蒜皮的小事也可以堂而皇之地写成小说。他的约克纳帕塔法县尤其让我明白了，一个作家，不但可以虚构人物、虚构故事，而且可以虚构地理。于是我就把他的书扔到了一边，拿起笔来写自己的小说了。受他的约克纳帕塔法县的启示，我大着胆子把我的"高密东北乡"写到了稿纸上。他的约克纳帕塔法县是完全的虚构，我的高密东北乡则是实有其地。我也下决心要写我的故乡那块像邮票那样大的地方。这简直就像打开了一道记忆的闸门，童年的生活全被激活了。我想起了当年我躺在草地上对着牛、对着云、对着树、对着鸟儿说过的话，然后我就把它们原封不动地写到我的小说里。从此后，我再也不必为找不到要写的东西而发愁，而是要为写不过来而发愁了。经常出现这样的情况，当我在写一篇小说的时候，许多新的构思，就像狗一样在我身后大声喊叫。

后来，在北京大学举行的福克纳国际研讨会上，我认识了一个美国大学的教授，他就在离福克纳的家乡不远的一所大学教书。他和他们的校长邀请我到他们学校去访问，我没有去成，他就寄给我一本有关福克纳的相册，那里边，有很多珍贵的照片。其中有一幅福克纳穿着破衣服、破靴子站在一个马棚前的照片，他的这副形象一下子就把我送回了我的高密东北乡，他让我想起了我的爷爷、父亲和许多的老乡亲。这时，福克纳作为一个伟大作家的形象在我的心中已经彻底地瓦解了，我感到我跟他之间已经没有了任何距离，我感到我们是一对心心相印、无话不谈的忘年之交。我们在一起谈论天气、庄稼、牲畜，我们在一起抽烟喝酒，我还听到他对我骂美国的评论家，听到他讽刺海明威。他还让我摸了他脑袋上那块伤疤，他说这个疤其实是让一匹花斑马咬的,但对那些傻瓜必须说是让德国的飞机炸的,然后他就得意地哈哈大笑,他的脸上布满顽童般的恶作剧的笑容。他还教导我,一个作家应该避开繁华的城市,到自己的家乡定居,就像一棵树必须把根扎在土地上一样。我很想按照他的教导去做,但我的家乡经常停电,水又苦又涩,冬天又没有取暖的设备,我害怕艰苦,所以至今没有回去。

我必须坦率地承认,至今我也没把福克纳那本《喧哗与骚动》读完,但我把那本美国教授送我的福克纳相册放在我的案头上,每当我对自己失去了信心时,就与他交谈一次。我承认他是我的导师,但我也曾经大言不惭地对他说:"嘿,老头子,我也有超过你的地方!"我看到他的脸上浮现出讥讽的笑容,然后他就对我说:"说说看,你在哪些地方超过了我?"我说:"你的那个约克纳帕塔法县始终是一个县,而我在不到十年的时间内,就把我的高密东北乡变成了一个非常现代的城市。在我的新作《丰乳肥臀》里,我让高密东北乡盖起了许多高楼大厦,还增添了许多现代化的娱乐设施。另外我的胆子也比你大,你写的只是你那块地方上的事情,而我敢于把发生在世界各地的事情,改头换面拿到我的高密东北乡,好像那些事情真的在那里发生过。我的真实的高密东北乡根本就没有山,但我硬给它挪来了一座山;那里也没有沙漠,我硬给它创造了一片沙漠;那里也没有沼泽,我给它弄来了一片沼泽;还有森

读客当代文学文库

林、湖泊、狮子、老虎……都是我给它编造出来的。近年来不断地有一些外国学生和翻译家到高密东北乡去看我在小说中描写过的那些东西，他们到了那里一看，全都大失所望，那里什么也没有，只有一片荒凉的平原和平原上的一些毫无特色的村子。"福克纳打断我的话，冷冷地对我说："后起的强盗总是比前辈的强盗更大胆！"

我的高密东北乡是我开创的一个文学的共和国，我就是这个王国的国王。每当我拿起笔，写我的高密东北乡故事时，就饱尝到了大权在握的幸福。在这片国土上，我可以移山填海、呼风唤雨，我让谁死谁就死、让谁活谁就活；当然，有一些大胆的强盗也造我的反，而我也必须向他们投降。我的高密东北乡系列小说出笼后，也有一些当地人对我提出抗议，他们骂我是一个背叛家乡的人，为此，我不得不多次地写文章解释，我对他们说："高密东北乡是一个文学的概念而不是一个地理的概念，高密东北乡是一个开放的概念而不是一个封闭的概念，高密东北乡是在我童年经验的基础上想象出来的一个文学的幻境；我努力地要使它成为中国的缩影，我努力地想使那里的痛苦和欢乐与全人类的痛苦和欢乐保持一致，我努力地想使我的高密东北乡故事能够打动各个国家的读者，这将是我终生的奋斗目标。"

现在，我终于踏上了我的导师福克纳大叔的国土，我希望能在繁华的大街上看到他的背影，我认识他那身破衣服，认识他那只大烟斗，我熟悉他身上那股混合着马粪和烟草的气味，我熟悉他那醉汉般的摇摇晃晃的步伐。如果发现了他，我就会在他的背后大喊一声："福克纳大叔，我来了！"

（2000年3月）

漫谈斯特林堡

我在网上和报纸上多次看到，瑞典王国驻中国大使雍博瑞先生说："斯特林堡是瑞典的鲁迅。"这个比喻，非常具有说服力，这让那些即便对斯特林堡的作品不甚了解的人，也会清楚地知道斯特林堡在瑞典的文学地位和他在世界文学大格局中的地位。

我不是鲁迅研究专家，也不是斯特林堡研究专家，但我在多年之前，就感觉到这两个作家有一种遥相呼应的关系。鲁迅和斯特林堡，不仅仅是在中国和瑞典的文学地位相当，而且，他们二人的精神是相通的。

据鲁迅日记记载，他在1927年10月里，购买了斯特林堡的《一出梦的戏剧》《到大马士革去》《疯人自辩状》《岛的农民》《黑旗》等书。我们不能断定鲁迅的创作是否受过斯特林堡的影响，但鲁迅对斯特林堡的作品非常熟悉，这是可以肯定的。

鲁迅和斯特林堡的作品，都表现出一种不向黑暗势力妥协的顽强的战斗精神。他们都是孤独的战斗者，都是能够深刻地洞察人类灵魂的思想者。他们都有一个骚动不安的灵魂，都是能够发出振聋发聩声音的呐喊者。他们都是旧的艺术形式的挑战者和新的艺术形式的创造者。他们都是对本民族的语言做出了贡献的大师。他们都是真正的现代派、先锋派，都是超越了他们的时代的预言家。他们作品中提出的许多问题，依然是我们现在面临着的问题。他们当年所做的工作，今天依然没有完成。他们的作品，依然具有强烈的现实意义。

雍博瑞大使向中国读者介绍斯特林堡时说"斯特林堡是瑞典的鲁迅"，我想，中国驻瑞典的大使向瑞典读者介绍鲁迅时，也可以说"鲁迅是中国的斯特林堡"。

我在20世纪80年代，读过斯特林堡的长篇小说《红房间》，当时的感觉是他的小说比较枯燥，结构上有些类似中国的古典小说《儒林外史》，并没有什么了不起的。但过了不久，当我读了他的剧本《父亲》和《朱丽小姐》之后，才感到他的深刻和伟大。回头重读《红房间》，也就读出了一种与传统小说大不一样的、不以故事情节吸引读者而以思辨的精辟紧紧抓住读者的精神力量。

最近，我通读了由我国优秀的翻译家李之义先生翻译、人民文学出版社出版的五卷本《斯特林堡文集》，被这团"炽烈

不被大风吹倒

的火焰"烧灼得很痛很痛；当然，他灼痛的不是我的肉体，而是我的灵魂。

1849年出生的斯特林堡，活到今天已经一百五十六岁。但我在读他的时候，却丝毫没有面对先贤的感觉。我感觉到，他就是一个与我同辈的人。他的痛苦、他的愤怒，都让我联想到自己的痛苦和愤怒，也就是说，他的作品，激起了我的强烈共鸣。

我感觉到他是一个团团旋转、隆隆作响的矛盾的综合体。他不仅仅是一团炽烈的火焰，他还是一条浊浪滚滚的大河。他的灵魂中，有许多对立的东西在摩擦、碰撞、瓦解、组合，犹如滚滚而下的河流中裹挟着泥沙、卵石、杂草、鱼虾、动物的尸体，犹如一个动物园的铁笼里同时关押着狮子、老虎、恶狼和绵羊。而且那些激流时刻都想冲决大河的堤坝，而且那些动物时刻都想冲破铁笼的羁绊，而写作，成了排泄这巨大能量的唯一渠道。所以，他的作品是真正地从灵魂深处发出的呐喊。

我感觉他是一个不但敢于拷问别人的灵魂，同时更敢于拷问自己灵魂的作家。他发出的火焰灼伤了许多人，但灼伤的最严重的还是他自己。我无端地感到斯特林堡是一个身穿黑衣、皮肤漆黑、犹如煤炭、犹如钢铁的人，就像鲁迅的小说《铸剑》里的人物"宴之敖者"。

宴之敖者说："我的灵魂上有这么多的，人我所加的伤，我已经憎恶了我自己。"这宴之敖者，正是鲁迅当时心境的写照。我觉得斯特林堡的晚年心境，与鲁迅的晚年心境十分相似：他也是饱受中伤和打击，他也是用"一个都不宽恕"的态度与他的敌人战斗，他也是在憎恨敌人的时候也憎恨自己。在某种程度上，他对自己的憎恶，胜过了鲁迅对自己的憎恶。

斯特林堡经常发出"刽子手比受刑者还要痛苦"的论调，他那些自命为"活体解剖"的作品，与其说是在解剖别人，不如说是在解剖自己。在比较全面地阅读斯特林堡之前，我的那部描写刽子手和酷刑的小说《檀香刑》受到了很多人的批评，他们说我缺少"悲悯精神"，说我"展示残酷"，我不能接受这样的批判，因为我感到我很有悲悯精神，因为我感到掩盖残酷才是真正的残酷，但我找不到有力的武器反驳这些批评。

现在，我从斯特林堡这里找到了武器——刽子手比受刑者更痛苦，刽子手为了减缓痛苦而不得不为自己寻找精神解脱的方法。斯特林堡在他的晚年，经常梦到自己被放在乌普萨拉大学医学院的解剖台上被人解剖，这正是他勇于自我批判的一个象征吧。

我觉得他是一个从自我出发、以个人经验为创作源泉的作家。由于他的天性中有许多病态的东西，由于他个人的生活极其曲折复杂，所以他的创作资源就极其丰富，他的个人经验里就天然地包含着巨大的艺术能量。由于他的个人生活与社会生活纠缠在一起，由于他个人的矛盾和痛苦恰好与时代的矛盾和痛苦吻合，所以，他的那些即便是带有浓厚的自传色彩的作品，也就突破了个人经验的狭小圈子而获得了普遍的社会意义。他发自灵魂深处的呐喊，也就成了人民的呐喊和为人民的呐喊。

我觉得斯特林堡是一个习惯于白日做梦的作家。他大概经常把梦境和现实混淆起来，经常把作品中的人物和他自己混淆起来，正如他自己所说："我仿佛是在睡梦中走路，想象似乎和生活合而为一。"

因此，他把自传写成了小说，而把小说和戏剧写成了自传。他的有些作品是模仿了自己的生活，而他的生活，有时候也会模仿自己的作品。确实有许多人给他制造了痛苦，但我觉得，他自己给自己制造的痛苦，比所有的人给他制造的痛苦都要深重。这样的人，如果不当作家，那确实会很麻烦。

许多没有读过斯特林堡作品的人，也知道他是一个憎恨女性的人。我读完他的文集后，深深地感到这是一个错误的结论。我觉得他是一个极其热爱、极其崇拜、极其依赖女性的人。我看了他写给女人的情书——我的天哪——他果然是瑞典词汇量最大的作家，天下的甜言蜜语似乎都被他说尽了。他的那些信洋溢着灼热的真实感情，绝不是为了让女人上钩的花言巧语。我想无论多么高贵、冷漠的女人，碰上斯特林堡这样

不被大风吹倒

的追求者，大概最终也会举手投降。

他也确实用最恶毒的语言辱骂过他曾经用最美好的语言歌颂过的女人，但我认为这不能成为他憎恨女性的证据，就像我们不能根据一个人对食物的咒骂做出这是一个憎恨食物的人的结论一样。一个美食家，也必定是一个对食物最挑剔的人。

我觉得他是一个极端的理想主义者，他希望女性完美无缺，但平凡庸俗的婚姻生活中的女人，总不如恋爱中的女人可爱。恋爱中的斯特林堡爱情激荡，婚姻中的斯特林堡丧心病狂。我想，如果斯特林堡不结婚，只恋爱，那么，他的小说和戏剧中的女人，就会是另外的模样。那样，他就不会背上憎恶女性的恶名，而很可能会成为热爱女性的榜样。

我还觉得，斯特林堡最伟大的一部作品，就是他的全部生活。他的爱情、他的婚姻、他的奋斗、他的抗争、他的荣耀、他的耻辱、他的写作、他的研究、他的短暂富贵、他的颠沛流离、他的拥趸万千、他的众叛亲离……这一切，构成了一部交响乐般的伟大作品。这既是一出"梦的戏剧"，也是一部"鬼魂奏鸣曲"，更是一个丰富得无与伦比的灵魂的历史。

中国的著名诗人臧克家先生在纪念鲁迅时曾经写道："有的人活着，他已经死了；有的人死了，他还活着。"这样的颂诗，斯特林堡也当之无愧。

斯特林堡和鲁迅虽然都死了,但却是永远活着的人,他们永远活在自己的作品里,使一代代的读者,感到他们是自己的同代人。

(2005年10月19日)

独特的声音

让一个拥有二十年文学阅读经验的人选出他喜欢的十个短篇小说，是一项轻松愉快的工作；但让他讲出选了这十篇小说的理由，却既不轻松也不愉快，起码对我来说是这样。

我想一个好的短篇小说，应该是一个作家成熟后的产物。阅读这样一个短篇小说，可以感受到这个作家的独特性。就像通过一个细小的锁孔可以看到整个的房间，就像提取一只绵羊身体上的细胞，可以克隆出一只绵羊。我想一个作家的成熟，应该是指一个作家形成了自己的风格，而所谓的风格，应该是一个作家具有了自己独特的、不混淆于他人的叙述腔调。这个独特的腔调，并不仅仅指语言，而是指他习惯选择的故事类型、他处理这个故事的方式、他叙述这个故事时运用的形式等全部因素所营造出的那样一种独特的氛围。这种氛围或者像烟熏火燎的小酒馆，或者像烛光闪烁的咖啡屋，或者像吵吵嚷嚷的四川茶馆，或者像音乐缭绕的五星级饭店，或者像一条高速公路，像一个马车店，像一艘江轮，像一个候车室，像一个桑拿浴室……总之是应该与众不同。即便让两个成熟作家讲述同一个故事，营造出的氛围也绝不会相同。而我认为所谓作家的成熟，不是说他从此之后就无变化，也不是指他已经发表了很多的作品。有的人一开始就成熟了，有的人则像老酒一样渐渐成熟，有的人则永远也不会成熟，哪怕他写了一千本书。

关于小说创作的理论，对大多数读者和作者来说，没有什么实际意义。任何关于小说创作的理论都是片面的，它更多的是理论的自我满足。作家的自我立论更是情绪化的产物，往往是漏洞百出，难以自圆其说。但小说的确存在着好坏之分，这是每一个读者都能感受到的事实。所以我的选择也基本上是建立在感受的基础上，我能谈的也就是回忆当初阅读这些作品时的感受。

第一次从家兄的语文课本上读到鲁迅的《铸剑》时，我还是一个比较纯洁的少年。读完了这篇小说，我感到浑身发冷，心里满是惊悚。那犹如一块冷铁的黑衣人宴之敖者、身穿青衣的眉间尺、下巴上撅着一撮花白胡子的国王，还有那个蒸汽缭绕灼热逼人的金鼎、那柄纯青透明的宝剑、那三颗在金鼎的沸水里唱歌跳舞追逐啄咬的人头，都在我的脑海里活灵活现。我在桥梁工地上给铁匠师傅拉风箱当学徒时，看到钢铁在炉火中由红变白、由白变青，就联想到那柄纯青透明的宝剑。后来我到公社屠宰组里当过小伙计，看到汤锅里翻滚着的猪头，就联想到了那三颗追逐啄咬的人头。一旦进入了这种联想，我就感到现实生活离我很远，我在我想象出的黑衣人的歌唱声中忘乎所以，我经常不由自主地大声歌唱：阿呼呜呼兮呜呼呜呼——前面是鲁迅的原文；后边是我的创造——呜哩哇啦嘻哩吗呼。我的这种歌唱大人们理解不了，但孩子们理解得很好，他们跟着我一块儿歌唱。在满天星斗的深夜里，村子里的某个角落里突然响起一声长调，宛若狼嚎，然后就此伏彼起，犹如一石激起千重浪。长大之后，重读过多少次《铸剑》已经记不清了，但每读一次，都有新的感受。渐渐地我将黑衣人与鲁迅混为一体，而我从小就将自己幻想成身穿青衣的眉间尺。我知道我成不了眉间尺，因为我是个怕死的懦夫，不可能像眉间尺那样因为黑衣人的一言之诺就将自己的脑袋砍下来。如果有条件，我倒很容易成为那个腐化堕落的国王。

显克微奇的《灯塔看守人》是我在某训练大队担任政治教员时读到的，当时我已经开始学习写小说，已经不满足于读一个故事，而是要学习人家的"语言"。本篇中关于大海的描写我熟读到能够背诵的程度，而且在我早期的几篇"军旅小说"中大段地摹写过。接受了我稿子的编辑，误以为我在海岛上当过兵或者是一个渔家儿郎。当然我没有笨到照抄的程度，我通过阅读这篇小说认识到，应该把海洋当成一个有生命的东西写，然后又翻阅了大量的有关海洋的书籍，就坐在山沟里

不被大风吹倒

写起了海洋小说。我把台风写得活灵活现，术语运用熟练，把外行唬得一愣一愣的。后来我读了显克微奇的长篇《十字军骑士》，感觉到就像遇到多年前的密友一样亲切，因为他的近乎顽固的宗教感情和他的爱国激情是一以贯之的，在长篇里，在短篇里。这个短篇的创作时间距今已有一百多年，如今读起来，依然感觉不到它的过时。这是一个精心构思的故事，充满了浪漫精神，仔细推敲起来，能够感觉到小说中心情节的虚假，但浪漫主义总是偏爱戏剧性的情节。

胡里奥·科塔萨尔的《南方高速公路》与我的早期小说《售棉大路》有着亲密的血缘关系，我从20世纪80年代初期的《外国文学》月刊上读到了它。刊物是一个学员订的，我利用暂时负责收发报刊的便利，截留下来，先睹为快。那时还没有复印机，我用了三个通宵，将它抄在一个硬皮本上。在此之前，我阅读的大多是古典作家，这个拉美大陆上颇有代表性的作家的充溢着现代精神的力作，使我受到了巨大的冲击。阅读它时，我的心情激动不安，第一次感觉到叙述的激情和语言的惯性，接下来我就模拟着它的腔调写了《售棉大路》。这次模仿，在我的创作道路上意义重大，它使我明白了，找到叙述的腔调，就像乐师演奏前的定弦一样重要，腔调找到之后，小说就是流出来的，找不到腔调，小说只能是挤出来的。

乔伊斯的《死者》是经典名篇，如果没有那么多的文章极力推崇，我可能永远也不会读完它。这部小说并不难读，但他精雕细琢的那些发生在客厅舞厅里的琐事，实在是令人心烦。读到临近终篇、小说中的男女主人公走出姨妈家的客厅来到散发着冰冷芳香的大街上时，伟大的乔伊斯才让人物的内心彻底地向读者开放，犹如微暗的火终于燃成了明亮的火，犹如含苞待放的花朵绽开了全部的花瓣。但这两颗狂乱的、光芒四射的心很快就冷却了，就像火焰渐渐熄灭，就像花朵渐渐凋零。最后，男主人公将自己的灵魂埋葬了，就像"这些死者一度在这儿养育、生活过的世界，正在溶解和化为乌有"。如果是一个别样的作家，或者说除了乔伊斯之外的其他作家，小说到此就该结束了，但乔伊斯不在这里结束，他让"整个爱尔兰都在落雪"来结束这篇小说，他让雪"落在阴郁的中部平原的每一片地方上，落在光秃秃的小山上，轻轻地落进艾伦沼泽，再往西，又轻轻落进香农河那黑沉沉的、奔腾澎湃的浪潮中。它也落在山坡上那片安葬着迈克尔·富里的孤独的教堂墓地的每一块儿泥土上。它纷纷飘落，厚厚地积压在歪歪斜斜的十字架上和墓石上，落在一扇扇小墓门的尖顶上，落在荒芜的荆棘丛中"。这是小说历史上最为著名的结尾之一，含蓄、隐晦、多义，历来被评家乐道，也为诸多作家模仿，但很少有人敢用这种方式来结尾，但即便是放在中间，也一眼就能看出。我曾经试图用他的调子写作，但总是画虎不成反类犬。

读劳伦斯的《普鲁士军官》时，我正在军艺文学系学习，当时流行写"感觉"，同学们之间，夸奖一个人小说写得好，就说他有"感觉",批评一个人的小说不好,就说他没有"感觉"。此时我的《透明的红萝卜》《爆炸》等小说已经发表,我被认为是有"感觉"的,为此我沾沾自喜,甚至有点儿不知天高地厚,但当我读了《普鲁士军官》后,才知道什么叫作有"感觉",比较劳伦斯,我的"感觉"实在是太迟钝了。我们所说的"感觉",其实就是指作家让他的小说中的人物,用全部的感官包括所谓的"第六感",去感知他自己的身体、内心以及外部的世界。在这方面,劳伦斯的《普鲁士军官》为我们树立了一个精美的样板。

在20世纪80年代的中国文坛,马尔克斯毫无疑问是个如雷贯耳的名字。他的《巨翅老人》,鲜明地体现了"魔幻现实主义"的创作原则:把看来不真实的东西写得十分逼真,把看来不可能的东西写得完全可能。这篇小说容易让人想到卡夫卡的《变形记》,但我认为它更像一个童话。马尔克斯的师傅应该是安徒生,他是用讲故事给孩子听的口吻讲述了这个离奇的故事。

福克纳是许多作家的老师,当然也是我的老师。他肯定不喜欢招收一个我这样的学生,但作家拜师不需磕头,也不需老师同意。福克纳的这篇《公道》在他的短篇小说中并不是最有名的,我之所以喜欢它并要向读者推荐,是因为这篇小说的结构。福克纳的长篇和中篇大都有一个精巧的结构,但他的短篇不太讲究结构,《公道》是个例外。《献给爱米莉的玫瑰花》

不被大风吹倒

当然也不错，但我认为不如《公道》巧妙。他用一个孩子的口气讲述了孩子听爷爷庄院的用人山姆·法泽斯孩童时代从他的父亲的朋友赫尔曼·巴斯克特那里听来的关于他的父亲和他的母亲等人的故事，所谓的小说结构的"套盒术"大概就是这个样子。从某种意义上说，这个结构是福克纳历史观的产物。小说中关于爸爸与黑人斗鸡、与黑人比赛跳高的情节富有喜剧性而又深刻无比，就像刻画人物性格的雕刀。

屠格涅夫的《白净草原》是一篇优美的儿童小说，我只读过一遍，而且是在二十多年前，但那堆篝火、那群讲鬼故事的孩子、那些令人毛骨悚然的鬼故事、那些不时将脑袋伸到明亮的篝火前吃草的牲口，至今难以忘怀。

卡夫卡的《乡村医生》是一篇最为典型的"仿梦小说"，也许他写的就是他的一个梦。他的绝大多数作品，都像梦境。梦人人会做，但能把小说写得如此像梦的，大概只有他一人。至于他是否用自己的写作来批判资本主义社会，那我就不知道了。

《桑孩儿》的作者水上勉小时曾经出家当过和尚，他的小说里经常出现"南无阿弥陀佛"。这篇小说里也出现了好几次"南无阿弥陀佛"。这是一个凄惨无比的故事，但水上勉的叙述清新委婉。这故事让我来讲那就不得了了，肯定要大洒狗血。《桑孩儿》的结构有点儿像福克纳的《公道》。我选择它，一是因为这篇小说里有一种大宗教的超然精神，二是因为它作为一篇乡村风俗小说的成功。

作为一个读者,我说得也许还不够;但作为一个"选者",我说得已经太多了。

(1998年10月)

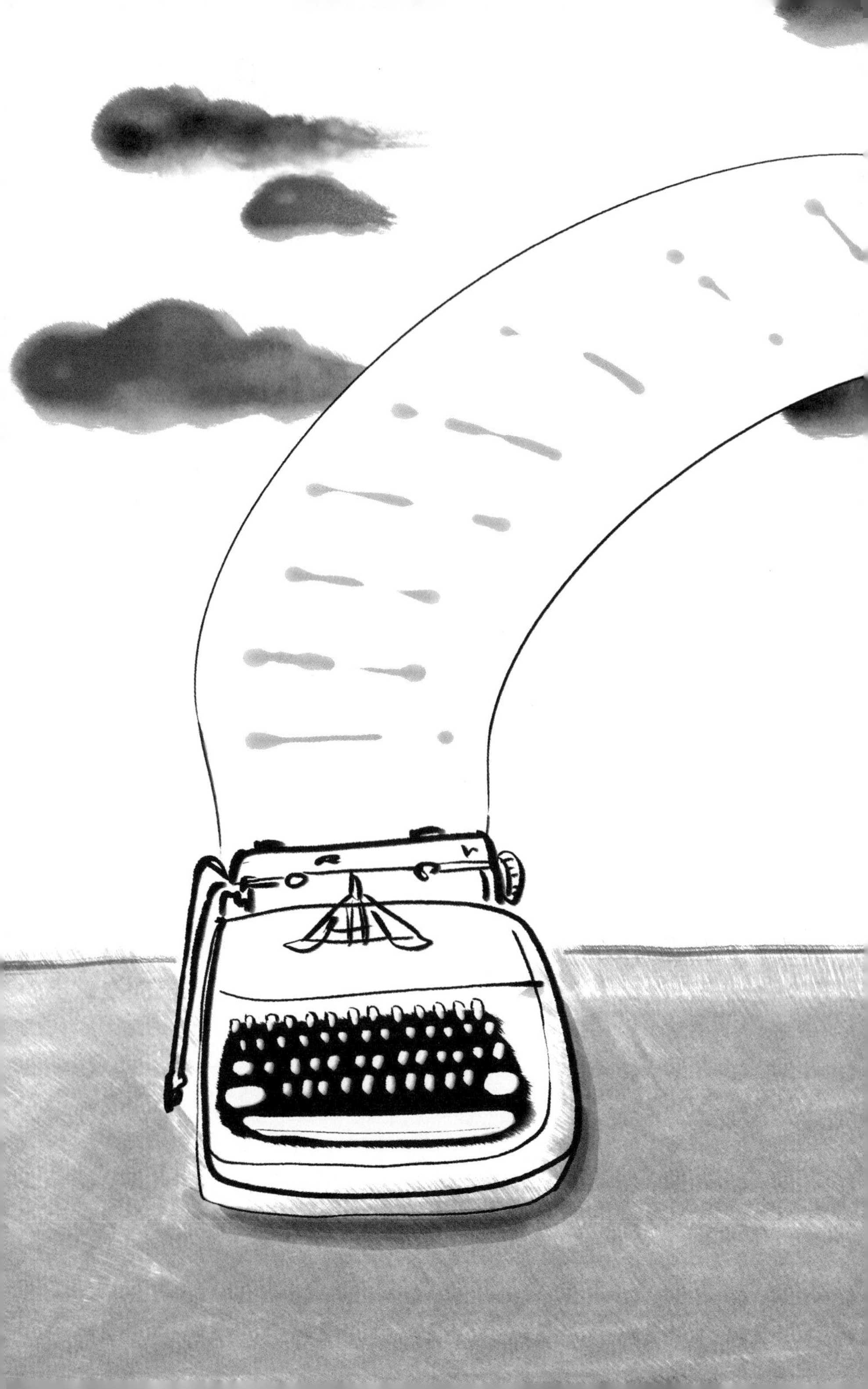

第六章

我们祈求灵感来袭，
就必须深入到生活里去。

土行孙和安泰给我的启示

在我还是一个儿童时，就听老人们讲述过土行孙的故事。他是中国神魔小说《封神演义》中的一个身怀"土遁"绝技的豪杰，能够在地下快速潜行。因为这绝技，他立下了许多功劳。他也多次被敌人擒获，但只要让他的身体接触到土地，就会像鱼儿游进大海一样消逝得无影无踪。长大后，我自己从书上看到过希腊神话中那位巨人安泰的故事。他的父亲是海神，母亲是地神。他的力量来自大地母亲，只要不离开大地，他的力量就无穷无尽，但如果离开了土地，他就软弱无力，不堪一击。

我总感到这两个人物之间有一种神秘的联系，总感到这两个人物与我所从事的文学活动有某种联系。我们习惯于把人民比作母亲，也习惯于把大地比作母亲。而人民——土地——母亲，对于一个文学工作者来说，就是我们置身其中的丰富多彩的生活。

不被大风吹倒

生活是文学艺术的永不枯竭的源泉，无论是什么样子的天才，无论他具有多么丰富的想象力，脱离了生活，脱离了与人民大众休戚与共、生死相依的关系，就失去了力量的源泉，要想写出能够深刻反映时代本质的作品，几乎是不可能的。始终与最广大的民众站在一起，时刻不忘记自己是民众的一员，永远把民众的疾苦当成自己的疾苦，就像土行孙和安泰时刻不离开大地一样，我们才能获得蓬勃的创作动力，才能写出感动人心的作品。

我从20世纪80年代初期开始文学创作，至今二十多年来，一直保持着对人民大众日常生活的关注，一直把自己个人的痛苦和人民大众的痛苦联系在一起，一直保持着"土包子"的本色，尽管难免遭受聪明人的讥讽，但我以此为荣。我的已经被翻译成韩文的《透明的红萝卜》《红高粱家族》《天堂蒜薹之歌》《食草家族》《酒国》《丰乳肥臀》《檀香刑》等作品，都是我所生活的时代的反映。有些篇章尽管描述的是历史生活，但其中灌注的也是一个生活在当代的作家的强烈情感，因此也就具有了反映现实生活的当代性。其中的大部分作品，都是在写自己最熟悉的生活，在宣泄自己的情感；但由于个人的痛苦和大多数人民的痛苦幸运地取得了某种程度的一致，因此，即便是从自我出发的创作，也就具有了一定程度的普遍性，获得了某种程度的人民性。

我坦率地承认，在我年轻气盛时，也曾一度怀疑过"生活决定艺术"这一基本常识。但随着年龄的增长和创作经验的增加，我体会到，即便那些自以为凭空想象的创作，其实也还是生活的反映，也还是建立在自我经验基础上的产物。

近年来，我渐渐地感受到一种创作的危机，这危机并不是个人才华的衰退，而是对生活的疏远和陌生。我相信这不是我一个人的问题，也是许多作家同行的问题。当你因为写作获得了高官厚禄，当你因为写作住进了豪宅华屋，当你因为写作拥有了香车宝马，当你因为写作被鲜花和掌声所包围，你就如同离开了大地的土行孙和安泰，失去了力量的源泉。你也许不服气，口头上还振振有词，自以为还力大无穷，但事实上已经心有余而力不足了。

一个作家的作品数量的日渐增加和名声的逐步累积，不仅仅使他在物质生活上和广大民众拉开了距离，更可怕的是使他与人民大众的感情拉开了距离。他的目光已经被更荣耀的头衔、更昂贵的名牌、更多的财富、更舒适的生活所吸引。他的精神已经在不知不觉中变得平庸懒惰。他已经感受不到锐利的痛楚和强烈的爱憎，他已经丧失了爱与恨的能力。他不放过一切机会炫耀自己的成功和财富，把财富等同于伟大，把小聪明等同于大智慧。他追求所谓的高雅趣味，在奢侈虚荣的消费过程中沾沾自喜。他热衷于搜集和传播花边新闻、奇闻逸事，沉溺在垃圾信息里并津津乐道。这样的精神状态下的写作，尽管可以保持着吓人的高调，依然可以赢得喝彩，但实际上已经是没有真情介入的文学游戏。这样的结局，当然是一个作家最大的悲哀。避免这种结局的方法，当然可以像晚年的托尔斯泰那样离家出走，当然可以像法国画家高更那样抛弃一切，远避到南太平洋群岛上去和土著居民生活在一起；但如果做不到这样决绝，那也起码应该尽可能地与人民保持联系，最起码要在思想上保持着警惕，不要忘记自己的出身，不要扮演上等人，不要嘲笑比你不幸的人，对你得到的一切应该心怀感激和愧疚，不要把自己想象得比所有人都聪明，不要把所有的人都当成你讥讽的对象，你要用大热情关注大世界，你要把心用在对人类的痛苦的同情和关注上。总之，你不要把别人想象得那样坏，而把自己想象得那样好。

是的，我们所处的时代人欲横流、矛盾纷纭，但过去的时代其实也是这样。一百多年前，狄更斯就在他的名作《双城记》的开篇写道："这是最好的时代，也是最坏的时代；这是智慧的年代，也是愚蠢的年代；这是信仰的时期，也是怀疑的时期；这是光明的季节，也是黑暗的季节；这是希望之春，也是失望之冬；人们面前有着各种事物，人们面前一无所有；人们正在直登天堂，人们也在直下地狱。"面对着这样的时代，一个作家应该保持冷静的心态，透过过剩的媒体制造的信息垃圾，透过浮躁的社会泡沫，去体验观察浸透了人类情感的朴实生活。只有朴实的、平凡人民的平凡生活才是生活的主流。在这样的生活中，默默涌动着真正的情感、真正的创造性和真正的人的精神，而这样的生活，才是文学艺术的真正的资源。

作家当然可以，也必须在自己的创作中大胆地创新，大胆地运用种种艺术手段来处理生活，大胆地充当传统现实主义的叛徒，与巴尔扎克、托尔斯泰对抗；但以巴尔扎克、托尔斯泰为代表的批判现实主义作家对现实生活所持的批判和怀疑精神，他们作品中贯注着的对人的命运的关怀和对现实的永不妥协的态度，则永远是我们必须遵循的法则。我们必须具备这样的对人的命运的关怀，必须在作品中倾注我们的真实情感；不是为了取悦某个阶层，不是用虚情假意来刺激读者的泪腺，而是要触及人的灵魂，触及时代的病灶。而要触及人的灵魂，触及时代的病灶，首先要触及自己的灵魂，触及自己的病灶；首先要以毫不留情的态度向自己问罪，不仅仅是忏悔。

一个作家要有爱一切人，包括爱自己的敌人的勇气。但一个作家不能爱自己，也不能可怜自己、宽容自己，应该把自己当作写作过程中最大的、最不可饶恕的敌人。把好人当坏人来写，把坏人当好人来写，把自己当罪人来写，这就是我的艺术辩证法。

在这个"娱乐至死"的时代里，在诸多的娱乐把真正的文学创作和真正的文学批判、阅读日益边缘化的时代里，文学不应该奴颜婢膝地向人们心中的"娱乐鬼魂"献媚，而是应该以自己无可替代的宝贵本质，捍卫自己的尊严。读者当然在决定一部分作家，但真正的作家会创造出自己的读者。

读客当代文学文库

我们所处的时代对于文学来说，也正如同狄更斯的描述："这是最好的时代，也是最坏的时代。"只要我们吸取土行孙和安泰的教训，清醒地知道并牢记着自己的弱点，时刻不脱离大地，时刻不脱离人民大众的平凡生活，就有可能写出"深刻地揭示了人类共同的优点和弱点，深刻地展示了人类的优点所创造的辉煌和人类弱点所导致的悲剧，深刻展示人类灵魂的复杂性和善恶美丑之间的朦胧地带并在这朦胧地带投射进一线光明的作品"。这也是我对所谓伟大作品的定义。很可能我们穷其一生也写不出这样的作品，但具有这样的雄心，总比没有这样的雄心要好。

（2007年10月）

灵感像狗一样，在我的身后大喊大叫

三十多年前，我初学写作时，为了寻找灵感，曾经多次深夜出门，沿着河堤，迎着月光，一直往前走，一直到金鸡报晓时才回家。

少年时我胆子很小，夜晚不敢出门，白天也不敢一个人往庄稼地里钻。别的孩子能割回家很多草，我却永远割不满筐子。母亲知道我胆小，曾经多次质问我："你到底怕什么？"我说："我也不知道怕什么，但我就是怕。"我一个人走路时总是感到后边有什么东西在跟踪我；我一个人到了庄稼地边上，总是感觉到随时都会有东西蹿出来；我路过大树时，总感觉到大树上会突然跳下来什么东西；我路过坟墓时，总感觉到会有东西从里边跳出来；我看到河中的漩涡，总感觉到漩涡里隐藏着奇怪的东西……我对母亲说："我的确不知道怕什么东西，但就是怕。"母亲说："世界上，所有的东西都怕人！毒蛇猛兽怕人，妖魔鬼怪也怕人。因此人就没有什么好怕的了。"我相信母亲说的话是对的,但我还是怕。后来我当了兵,夜里站岗时,怀里抱着一支冲锋枪,弹夹里有三十发子弹,但我还是感到怕。我一个人站在哨位上,总感到脖子后边凉飕飕的,似乎有人对着我的脖子吹气。我猛地转回身,但什么也没有。

因为文学,我的胆子终于大了起来。有一年在家休假时,我睡到半夜,看到月光从窗棂射进来。我穿好衣服,悄悄地出了家门,沿着胡同,爬上河堤。明月当头,村子里一片宁静,河水银光闪闪,万籁俱寂。我走出村子,进入田野。左边是河水,右边是一片片的玉米和高粱。所有的人都在睡觉,只有我一个人醒着。我突然感到占了很大的便宜。我感到这辽阔的田野,这茂盛的庄稼,包括这浩瀚的天空和灿烂的月亮,都是为我准备的。我感到我很伟大。我知道我的月夜孤行是为了文学,我知道一个文学家应该是一个不同寻常的人,我知道许多文学家都曾经干过常人不敢干或者不愿意干的事,我感到我的月夜孤行已经使我与凡夫俗子拉开了距离。当然,在常人的眼里,这很荒诞也很可笑。

我抬头望月亮,低头看小草,侧耳听河水。我钻进高粱地里听高粱生长的声音。我趴在地上,感受大地的颤动,嗅泥土的气味。我感到收获很大,但也不知道到底收获了什么。

我连续几次半夜外出,拂晓回家,父母当然知道,但他们从来没有问过我什么。只是有一次,我听到母亲对我父亲说:

"他从小胆小，天一黑就不敢出门，现在胆子大了。"

我回答过很多次文学有什么作用的问题，但一直没想起我母亲的话，现在突然忆起来，那就赶快说——如果再有人问我文学有什么功能的问题，我就会回答他："文学使人胆大。"

真正的胆大，其实不是杀人不眨眼，也不是视死如归，而是一种坚持独立思考，不随大流，不被舆论左右，敢于在良心的指引下说话、做事的精神。

在那些月夜里，我自然没有找到什么灵感，但我体会了找灵感的感受。当然，那些月夜里我所感受到的一切，后来都成为我的灵感的基础。

我第一次感受到灵感的袭来，是1984年冬天我写作《透明的红萝卜》的时候。那时候我正在解放军艺术学院学习。一天早晨，在起床号没有吹响之前，我看到一片很大的萝卜地，萝卜地中间有一个草棚。红日初升，天地间一片辉煌。从太阳升起的地方，有一个身穿红衣的丰满女子走过来，她手里举着一柄渔叉，渔叉上叉着一个闪闪发光的、似乎还透明的红萝卜……

这个梦境让我感到很激动。我坐下来奋笔疾书，只用了一个星期就写出了初稿。当然，仅仅一个梦境还构不成一部小说。当然，这样的梦境也不是凭空产生的。它跟我过去的生活有关，也跟我当时的生活有关。这个梦境，唤醒了我的记忆，我想起了少年时期在桥梁工地上给铁匠师傅当学徒的经历。

写完《透明的红萝卜》不久，我从川端康成的小说《雪

不被大风吹倒

国》里面读到一段话:"一只壮硕的黑色秋田狗蹲在潭边的一块踏石上,久久地舔着热水。"我的眼前立即出现了一幅生动的图画:街道上白雪皑皑,路边的水潭里热气蒸腾,黑色的大狗伸出红色的舌头,"呱唧呱唧"地舔着热水。这段话不仅仅是一幅画面,也是一个旋律,是一个调门,是一个叙事的角度,是一部小说的开头。我马上就联想到了我的高密东北乡的故事,于是就写出了:"高密东北乡原产白色温驯的大狗,绵延数代之后,很难再见一匹纯种。"这样一段话,就是我最有名的短篇小说《白狗秋千架》的开篇。开篇几句话,确定了整部小说的调门。接下来的写作如水流淌,仿佛一切早就写好了,只需我记录下来就可以了。

实际上,高密东北乡从来也没有什么"白色温驯的大狗",它是川端康成的黑狗引发出的灵感的产物。

在那段时间里,我经常去书店买书。有的书,写得很差,但我还是买下。我的想法是:写得再差的书里,总是能找到一个好句子的,而一个好句子,很可能就会引发灵感,由此产生一部小说。

我也曾从报纸的新闻上获得过灵感,譬如,长篇小说《天堂蒜薹之歌》就得益于山东某县发生的真实事件,而中篇小说《红蝗》的最初灵感,则是我的一个朋友所写的一条不实新闻。

我也从偶遇的事件中获得过灵感,譬如我在地铁站看到了一个妇女为双胞胎哺乳,由此而产生了长篇小说《丰乳肥臀》的构思。我在庙宇里看到壁画上的六道轮回图,由此产生了长篇小说《生死疲劳》的主题架构。

获得灵感的方式千奇百怪,因人而异,而且是可遇而不可求。像我当年那样夜半起身到田野里去寻找灵感,基本上是傻瓜行为——此事在我的故乡至今还被人笑谈。据说有一位立志写作的小伙子学我的样子,夜半起身去寻找灵感,险些被巡夜的人当小偷抓起来——这事本身也构成一篇小说了。

灵感这东西确实存在,但无论用什么方式获得的灵感,要成为一部作品,还需要大量的工作和大量的材料。灵感也不仅仅出现在作品的构思阶段,同样出现在写作的过程中,而这写作过程中的灵感,甚至更为重要。一个漂亮的句子,一句生动的对话,一个含意深长的细节,无不需要灵感光辉的照耀。

一部好的作品,必是被灵感之光笼罩着的作品;而一部平庸的作品,是缺少灵感的作品。我们祈求灵感来袭,就必须深入到生活里去。我们希望灵感频频降临,就要多读书多看报。我们希望灵感不断,就要像预防肥胖那样,"管住嘴,迈开腿"。从这个意义上说,夜半三更到田野里去奔跑也是不错的方法。

(2015年6月13日)

用耳朵阅读

我在农村度过了漫长的青少年时期。在这期间，我把周围几个村子里那几本书读完之后，就与书本脱离了关系。我的知识基本上是用耳朵听来的。就像诸多作家都有一个会讲故事的老祖母一样，就像诸多作家都从老祖母讲述的故事里汲取了最初的文学灵感一样，我也有一个很会讲故事的祖母，我也从我祖母的故事里汲取了文学的营养。但我更可以骄傲的是，我除了有一个会讲故事的老祖母之外，还有一个会讲故事的爷爷，还有一个比我的爷爷更会讲故事的大爷爷——我爷爷的哥哥。除了我的爷爷、奶奶、大爷爷之外，村子里凡是上了点儿岁数的人，都是满肚子的故事。我在与他们相处的几十年里，从他们嘴里听说过的故事实在是难以计数。

他们讲述的故事神秘恐怖，但十分迷人。在他们的故事里，死人与活人之间没有明确的界限，动物、植物之间也没有明确的界限，甚至许多物品，譬如一把扫地的笤帚、一根头发、一颗脱落的牙齿，都可以借助某种机会成为精灵。在他们的故事里，死去的人其实并没有远去，而是和我们生活在一起，一直在暗中注视着我们，保佑着我们，当然也监督着我们。这使我少年时期少干了许多坏事，因为我怕受到暗中监督着我的死去祖先的惩罚。当然使我多干了很多好事，因为我相信我干过的好事迟早会受到奖赏。在他们的故事里，大部分动物都能够变化成人形，与人交往，甚至恋爱、结婚、生子。譬如我的祖母就讲述过一个公鸡与人恋爱的故事。她说一户人家有一个待字闺中的美丽姑娘，许多人来给这个姑娘说媒，但她死活也不嫁，并说自己已经有了如意郎君。姑娘的母亲就留心观察，果然发现每当夜深人静的时候，就听到从女儿的房间里传出一个男子的声音。

这个声音十分迷人。母亲白天就盘问女儿，那个男子是谁，是从哪里进去的。女儿就说这个青年男子每天夜里都会出现在她的身边，天亮之前就悄悄地消失。女儿还说，这个男子每次来时，都穿着一件非常华丽的衣服。母亲就告诉女儿，让她下次把那男子的衣服藏起来。等到夜里，那个男子又来了。女儿就把他的衣服藏到柜子里。天亮前，那个男子又要走，但找不到衣服了。男子苦苦哀求姑娘将衣服还他，但姑娘不还。等到村子里的鸡开始啼鸣时，那男子只好赤裸裸地走了。天明之后，母亲打开鸡窝，发现从鸡窝里钻出了一只浑身赤裸的大公鸡。她让女儿打开柜子一看，哪里有什么衣服？柜子里全是

读客当代文学文库

鸡毛。这是我少年时代听过的印象最深的故事之一。后来，每当我看到羽毛华丽的公鸡和英俊的青年，心中就产生异样的感觉，我感到他们之间有一种神秘的联系，不是公鸡变成了青年，就是青年变成了公鸡。

离我的家乡三百里路，就是中国最会写鬼故事的作家蒲松龄的故乡。当我成了作家之后，我开始读他的书，我发现书上的许多故事我小时候都听说过。我不知道是蒲松龄听了我的祖先们讲述的故事写成了他的书，还是我的祖先们看了他的书后才开始讲故事。现在我当然明白了他的书与我听说过的故事之间的关系。

爷爷奶奶一辈的老人讲述的故事基本上是鬼怪和妖精。父亲一辈的人讲述的故事大部分是历史，当然他们讲述的历史是传奇化了的历史，与教科书上的历史大相径庭。在民间口述的历史中，充满了英雄崇拜和命运感，只有那些有非凡意志和非凡体力的人才能进入民间口述历史并被不断地传诵，而且在流传的过程中被不断地加工提高。在他们的历史传奇故事里，甚至没有明确的是非观念。一个人，哪怕是技艺高超的盗贼、胆大包天的土匪、容貌绝伦的娼妓，都可以进入他们的故事，而讲述者在讲述这些人的故事时，总是用着赞赏的语气，脸上总是洋溢着心驰神往的表情。

其实也不仅仅是上了岁数的人才开始讲故事，有时候年轻人甚至小孩子也讲故事。我十几岁时听邻居家一个五岁的小男孩讲过一个故事,至今难忘。他对我说:"马戏团的狗熊对马戏团的猴子说:'我要逃跑了。'猴子问:'这里很好,你为什么要逃跑?'狗熊说:'你当然好,主人喜欢你,每天喂给你吃苹果、香蕉,而我每天吃糠咽菜,脖子上还拴着铁链子,主人动不动就用皮鞭子打我。这样的日子我实在是过够了,所以我要逃跑了。'"我当时问他:"狗熊跑了没有?"他说:"没有。"我问他:"为什么?"他说:"猴子去跟主人说了。"

在我用耳朵阅读的漫长生涯中,民间戏曲,尤其是我的故乡那个名叫"茂腔"的小剧种给了我深刻的影响。"茂腔"唱腔委婉凄切,表演独特,简直就是高密东北乡人民苦难生活的写照。"茂腔"的旋律伴随着我度过了青少年时期。在农闲的季节里,村子里搭班子唱戏时,我也曾经登台演出;当然,我扮演的都是那些插科打诨的丑角,连化装都不用。"茂腔"是高密东北乡人民的开放的学校,是民间的狂欢节,也是感情宣泄的渠道。民间戏曲通俗晓畅、充满了浓郁生活气息的戏文,有可能使已经贵族化的小说语言获得一种新质。我的长篇小说《檀香刑》就是借助于"茂腔"的戏文对小说语言的一次变革尝试。

当然,除了聆听从人的嘴巴里发出的声音,我还聆听了大自然的声音,譬如洪水泛滥的声音、植物生长的声音、动物鸣叫的声音……在动物鸣叫的声音里,最让我难忘的是成千上万只青蛙聚集在一起鸣叫的声音。那是真正的大合唱,声音洪亮，震耳欲聋，青蛙绿色的脊背和腮边时收时鼓的气囊，把水面都遮没了。那情景让人不寒而栗、浮想联翩。

　　我虽然没有文化，但通过聆听——这种用耳朵的阅读，为日后的写作做好了准备。我想，我在用耳朵阅读的二十多年里，培养起了我与大自然的亲密联系，培养起了我的历史观念、道德观念，更重要的是培养起了我的想象力和保持不懈的童心。我之所以能成为一个这样的作家，用这样的方式进行写作，写出这样的作品，是与我二十多年用耳朵阅读密切相关的；我之所以能持续不断地写作，并且始终充满着不知道天高地厚的自信，也是依赖着用耳朵阅读得来的丰富资源。

（2001年5月17日）

用鼻子写作

拿破仑曾经说过,哪怕蒙上他的眼睛,凭借着嗅觉,他也可以回到他的故乡科西嘉岛。因为科西嘉岛上有一种植物,风里有这种植物独特的气味。

苏联作家肖洛霍夫在他的小说《静静的顿河》里,也向我们展示了他特别发达的嗅觉。他描写了顿河河水的气味;他描写了草原的青草味、干草味、腐草味,还有马匹身上的汗味,当然还有哥萨克男人和女人们身上的气味。他在他的小说的卷首语里说:"哎呀,静静的顿河,我们的父亲!"顿河的气味,哥萨克草原的气味,其实就是他的故乡的气味。

出生在中俄界河乌苏里江里的大马哈鱼,在大海深处长成大鱼,在它们进入产卵期时,能够洄游万里,冲破重重险阻,回到它们的出生地繁殖后代。对鱼类这种不可思议的能力,我们不得其解。近年来,鱼类学家找到了问题的答案:鱼类尽管没有我们这样突出的鼻子,但有十分发达的嗅觉和对气味的记忆能力。就是凭借着这种能力，凭借着对它们出生的母河的气味的记忆，它们才能战胜大海的惊涛骇浪，逆流而上，不怕牺牲，沿途减员，剩下的带着满身的伤痕，回到了它们的故乡，并在完成了繁殖后代的任务后，无忧无怨地死去。母河的气味，不但为它们指引了方向，也是它们战胜苦难的力量。

从某种意义上说，大马哈鱼的一生，与作家的一生很是相似。作家的创作，其实也是一个凭借着对故乡气味的回忆，寻找故乡的过程。

在有了录音机、录像机、互联网的今天，小说的状物写景、描图画色的功能，已经受到了严峻的挑战。你的文笔无论如何优美准确，也写不过摄像机的镜头了。但唯有气味，摄像机还没法子表现出来。这是我们这些当代小说家最后的领地，但我估计好景不长，因为用不了多久，那些科学家就会把录味机发明出来。能够散发出气味的电影和电视也用不了多久就会问世。趁着这些机器还没有被发明出来，我们应该赶快地写出洋溢着丰富气味的小说。

我喜欢阅读那些有气味的小说。我认为，有气味的小说是好的小说，有自己独特气味的小说是最好的小说。能让自己的书充满气味的作家是好的作家，能让自己的书充满独特气味的作家是最好的作家。

一个作家也许需要一个灵敏的鼻子，但仅有灵敏鼻子的人不一定是作家。猎狗的鼻子是最灵敏的，但猎狗不是作家。许多好作家其实患有严重的鼻炎，但这并不妨碍他们写出有独特气味的小说。我的意思是，一个作家应该有关于气味的丰富想象力。一个具有创造力的好作家，在写作时，应该让自己笔下的人物和景物，释放出自己的气味。即便是没有气味的物体，也要用想象力给它们制造出气味。这样的例子很多：

德国作家聚斯金德在他的小说《香水》中，写了一个具有超凡嗅觉的怪人，他是搜寻气味、制造香水的邪恶天才，这样的天才只能诞生在巴黎。这个残酷的天才脑袋里储存了世界上几乎所有物体的气味。他反复比较了这些气味后，认为世界上最美好的气味是青春少女的气味，于是他依靠着他超人的嗅觉，杀死了二十四个美丽的少女，把她们身上的气味萃取出来，然后制造出了一种香水。当他把这种神奇的香水洒到自己身上时，人们都忘记了他的丑陋，都对他产生了深深的爱意。尽管有确凿的证据，但人们都不愿意相信他就是凶残的杀手。连被害少女的父亲，也对他产生了爱意，爱他甚至胜过了自己的女儿。这个超常的怪人坚定不移地认为，谁控制了人类的嗅觉，谁就占有了世界。

马尔克斯的小说《百年孤独》中的人物，放出的臭屁能把花朵熏得枯萎，能够在黑暗的夜晚，凭借着嗅觉，拐弯抹角地找到自己喜欢的女人。

福克纳的小说《喧哗与骚动》里的一个人物，能嗅到寒冷的气味。其实寒冷是没有气味的，但是福克纳这样写了，我们

不被大风吹倒

也并不感到他写得过分，反而感到印象深刻，十分逼真。因为这个能嗅到寒冷的气味的人物是一个白痴。

通过上述的例子和简单的分析，我们可以发现，小说中实际上存在着两种气味，或者说小说中的气味实际上有两种写法。一种是用写实的笔法，根据作家的生活经验，尤其是故乡的经验，赋予他描写的物体以气味，或者说是用气味来表现他要描写的物体。另一种写法就是借助于作家的想象力，给没有气味的物体以气味，给有气味的物体以别的气味。寒冷是没有气味的，因为寒冷根本就不是物体，但福克纳大胆地给了寒冷气味。死亡也不是物体，死亡也没有气味，但马尔克斯让他的人物能够嗅到死亡的气味。

当然，仅仅有气味还构不成一部小说。作家在写小说时应该调动起自己的全部感觉器官，你的味觉、你的视觉、你的听觉、你的触觉，或者是超出了上述感觉之外的其他神奇感觉。这样，你的小说也许就会具有生命的气息。它不再是一堆没有生命力的文字，而是一个有气味、有声音、有温度、有形状、有感情的生命活体。我们在初学写作时常常陷入这样的困境，即许多在生活中真实发生的故事，本身已经十分曲折、感人，但当我们如实地把它们写成小说后，读起来却感到十分虚假，丝毫没有打动人心的力量。而许多优秀的小说，我们明明知道是作家的虚构，但却能使我们深深地受到感动。为什么会出现这样的现象呢？我认为问题的关键就在于，我们在记述生活中的真实故事时，忘记了我们是创造者，没有把我们的嗅觉、视觉、听觉等全部的感觉调动起来。而那些伟大作家的虚构作品，之所以让我们感到真实，就在于他们写作时调动了自己的全部的感觉，并且发挥了自己的想象力，创造出了许多奇异的感觉。这就是我们明明知道人不可能变成甲虫，但我们却被卡夫卡的《变形记》中人变成了甲虫的故事打动的根本原因。

当然，作家必须用语言来写作自己的作品，气味、色彩、温度、形状，都要用语言营造或者说是以语言为载体。没有语言，一切都不存在。文学作品之所以可以被翻译，就因为语言承载着具体的内容。所以从方便翻译的角度来说，小说家也要努力地写出感觉，营造出有生命感觉的世界。有了感觉才可能有感情。没有生命感觉的小说，不可能打动人心。

让我们把记忆中的所有的气味调动起来，然后循着气味去寻找我们过去的生活，去找我们的爱情、我们的痛苦、我们的欢乐、我们的寂寞、我们的少年、我们的母亲……我们的一切，就像普鲁斯特借助了一块玛德莱娜小甜饼回到了过去。

（2001年12月14日）

诉说就是一切

有许多的人，在许多的时刻，心中都会或明或暗地浮现出拒绝长大的念头。这样一个富有意味的文学命题，在几十年前就被德国的君特·格拉斯表现过了。事情总是这样，别人表现过的东西，你看了知道好，但如果再要去表现，就成了模仿。君特·格拉斯的《铁皮鼓》里那个奥斯卡，目睹了人间太多的丑恶，三岁那年自己跌下酒窖，从此不再长大。

不再长大的只是他的身体，而他的精神，却以近乎邪恶的方式，不断地长大，长得比一般人还要大，还要复杂。现实生活中，不大可能有这样的事情，但正因为现实生活中不大可能有这样的事情，所以出现在小说里才那么意味深长，才那么发人深思。

《四十一炮》只能反其道而行之。主人公罗小通在那座五通神庙里对兰大和尚诉说他的童年往事时，身体已经长得很大，但他的精神还没有长大。或者说，他的身体已经成年，但他的精神还停留在少年。这样的人，很像一个白痴，但罗小通不是白痴，否则这部小说就失去了存在的价值。

拒绝长大的心理动机，源于对成人世界的恐惧，源于对衰老的恐惧，源于对死亡的恐惧，源于对时间流逝的恐惧。罗小通试图用喋喋不休的诉说来挽留逝去的少年时光。本书的作者，企图用写作挽住时间的车轮。仿佛一个溺水的人，死死地抓住一根稻草，想借此阻止身体的下沉。尽管这是徒劳的，但不失为一种自我安慰的方式。

看起来是小说的主人公在诉说自己的少年时光，但其实是小说作者让小说的主人公用诉说创造自己的少年时光，也是用写作挽留自己的少年时光。借小说中的主人公之口，再造少年岁月，与苍白的人生抗衡，与失败的奋斗抗衡，与流逝的时光抗衡，这是写作这个职业的唯一可以骄傲之处。所有在生活中没有得到满足的，都可以在诉说中得到满足。

这也是写作者的自我救赎之道。用叙述的华美和丰盛，来弥补生活的苍白和性格的缺陷，这是一个恒久的创作现象。

在这样的创作动机下，《四十一炮》所展示的故事，就没有太大的意义。在这本书中，诉说就是目的，诉说就是主题，诉说就是思想。诉说的目的就是诉说。如果非要给这部小说确定一个故事，那么，这个故事就是一个少年滔滔不绝地讲故事。

所谓作家，就是在诉说中求生存，并在诉说中得到满足和

读客当代文学文库

解脱的过程。与任何事物一样，作家也是一个过程。

许多作家，终其一生，都是一个长不大的孩子，或者说是一个生怕长大的孩子。当然也有许多作家不是这样的。生怕长大，但又不可避免地要长大，这个矛盾，就是一块小说的酵母，可以由此生发出很多的小说。

罗小通是一个满口谎言的孩子，一个信口开河的孩子，一个在诉说中得到了满足的孩子。诉说就是他的最终目的。在这样的语言浊流中，故事既是语言的载体，又是语言的副产品。思想呢？思想就说不上了，我向来以没有思想为荣，尤其是在写小说的时候。

罗小通讲述的故事，刚开始还有几分"真实"，但越到后来，越成为一种亦真亦幻的随机创作。诉说一旦开始，就获得了一种惯性，自己推动着自己前进。在这个过程中，诉说者逐渐变成诉说的工具。与其说是他在讲故事，不如说是故事在讲他。

诉说者像煞有介事的腔调，能让一切不真实都变得"真实"起来。一个写小说的，只要找到了这种"像煞有介事"的腔调，就等于找到了那把开启小说圣殿之门的钥匙。当然这只是我的一种感悟，无论是浅薄，抑或是偏执，也还是说出来。其实这也不是我的发明，许多作家都感悟到了，只是说法不同罢了。

这部小说中的部分情节，曾经作为一部中篇小说发表过。

但这丝毫不影响这部小说的"新",因为那三万字,相对于这三十多万字,也是一块酵母。当我准备了足够的"面粉"和"水分",提供了合适的"温度"之后,它便猛烈地膨胀开来。

罗小通在讲述自己的故事时,从年龄上看已经不是孩子,但实际上他还是一个孩子。他是我的诸多"儿童视角"小说中的儿童的一个首领,他用语言的浊流冲决了儿童和成人之间的堤坝,也使我所有类型的小说,在这部小说之后,彼此贯通,成为一个整体。

在写作这本书的过程中,罗小通就是我。但他现在已经不是我了。

(2003年5月)

附录一

影响过我的十位诺奖作家

我的写作生涯中,也曾受过一些诺奖作家的影响,也有许多作家,为我提供了写作灵感。今天,想跟大家分享一下这些优秀作家。

亨利克·显克维奇

（1905年诺贝尔文学奖得主）

显克维奇的《灯塔看守人》，是我开始学习写小说时读到的。当时我已经不满足于读一个故事，而是要学习人家的"语言"。本篇中关于大海的描写我熟读到能背诵的程度。接受了我稿子的编辑，误以为我在海岛上当过兵或是一个渔家儿郎。

我通过阅读这篇小说认识到，应该把海洋当成一个有生命的东西写。我翻阅了大量的有关海洋的书籍，就坐在山沟里写起了海洋小说。

威廉·福克纳

（1949年诺贝尔文学奖得主）

十几年前，我买了一本《喧哗与骚动》，认识了这个叼着烟斗的美国老头。读到第四页的最末两行："我已经一点也不觉得铁门冷了，不过我还能闻到耀眼的冷的气味。"看到这里，我把书合上了，好像福克纳老头拍着我的肩膀说："行了，小伙子，不用再读了！"

我立即明白了我应该高举起"高密东北乡"这面大旗，把那里的土地、河流、树木、庄稼、花鸟虫鱼、痴男浪女、地痞流氓、英雄好汉……统统写进我的小说，创建一个文学共和国。从此后，我再也不必为找不到要写的东西而发愁，而是要为写不过来而发愁了。

米哈伊尔·肖洛霍夫

（1965年诺贝尔文学奖得主）

为什么好的小说，在读的过程当中仿佛能闻到气味？我们读肖洛霍夫的顿河描写，夜晚去捕鱼，仿佛感觉到水的腥冷，感觉到鱼鳞沾到身上，闻到腥味。作家写作的时候调动了自身的或者人物全部的感官，他的视觉、听觉、嗅觉、触觉、联想全部调动起来了，全方位、立体化的。小说就产生了力量、说服力。即便是虚构的故事，也色、香、味俱全。

川端康成

（1968年诺贝尔文学奖得主）

  1984年前冬天里的一个深夜，当我从川端康成的《雪国》里，读到"一只壮硕的黑色秋田狗蹲在潭边的一块踏石上，久久地舔着热水"这样一个句子时，一幅生动的画面栩栩如生地出现在我的眼前，令我激动不安，兴奋无比。

  我明白了什么是小说，我知道了我应该写什么，也知道了应该怎样写。这样一句话，如同暗夜中的灯塔，照亮了我前进的道路。我已经顾不上把《雪国》读完，放下书，我就抓起了自己的笔。

巴勃罗·聂鲁达

（1971年诺贝尔文学奖得主）

聂鲁达的铜像

现在是半夜

京师学堂里悄无声息

窗外的鹊巢里

喜鹊在呓语

我用沾了清水的绒布

擦拭你的铜像

鼻子眼窝与耳轮

月光如水

送来美洲的孤独与记忆

弯腰时我听你冷笑

抬头时你面带微笑

仿佛我是铜像，而你是

铸造铜像的匠人

不是我擦拭你的脸

而是你点燃我的心

加西亚·马尔克斯

（1982年诺贝尔文学奖得主）

我认为，《百年孤独》这部标志着拉美文学高峰的巨著，具有惊世骇俗的艺术力量和思想力量。它最初使我震惊的是那些颠倒时空秩序、交叉生命世界、极度渲染夸张的艺术手法，但经过认真思索之后，才发现，艺术上的东西，总是表层。《百年孤独》值得借鉴的，是马尔克斯的哲学思想，是他独特的认识世界、认识人类的方式。

我认为他在用一颗悲怆的心灵，去寻找拉美迷失的温暖的精神的家园。他认为世界是一个轮回，在广阔无垠的宇宙中，人的位置十分渺小。他站在一个非常的高峰，充满同情地鸟瞰这纷纷攘攘的人类世界。

大江健三郎

（1994年诺贝尔文学奖得主）

　　大江先生毫无疑问是我的老师。无论是从做人方面还是从艺术方面，他都值得我终身学习。他总是表现得那样谦虚。他毫无疑问是大师，但他总是把自己看得很低。他紧张、拘谨、执着、认真，总是怕给别人添麻烦，总是处处为他人着想。因此，每跟他接触一次，心中就增添几分对他的敬意，同时也会提醒自己保持清醒的头脑。

君特·格拉斯

（1999年诺贝尔文学奖得主）

格拉斯大叔的瓷盘

我把打铁的经历写进了小说

《透明的红萝卜》

我在《铁皮鼓》里发现了

凿石碑的你

好的小说里总是有

作家的童年

读者的童年

期望我的尖叫

能让碎玻璃复原

在一个黄昏我进入

一个动乱后的城市

我流着眼泪尖叫

所有的碎玻璃飞起

回到了原来的位置

像饥饿的蜜蜂归巢

不留半点痕迹

有一个调皮的少年

踩着玻璃碎屑不放

玻璃穿透了他的脚掌和鞋子

伤口很大但瞬间平复

没有一丝血迹

朱老师的眼镜片

从三十里外的车厢里

从路边的阴沟里

飞来与他的镜框团圆

奥尔罕·帕慕克

（2006年诺贝尔文学奖得主）

雪，无处不在的雪，变幻不定的雪，是小说《雪》中最大的象征符号。雪无处不在，人物在雪中活动，爱情和阴谋在雪中孕育，思想在雪中运行。雪制造了小城里扑朔迷离、变幻莫测的氛围。

这里的人，这里的物，包括一条狗，都仿佛蒙上了一层神秘色彩。帕慕克在书中数百处写了雪，但每一笔都很朴实。每一笔写的都是雪，但因为他的雪都与心境、感受密切结合着写，他的雪就具有了生命，象征也就因此而产生。写过雪的作家成千上万，但能把雪写得如此丰富，帕慕克是第一人。

巴尔加斯·略萨

（2010年诺贝尔文学奖得主）

秘鲁作家巴尔加斯·略萨的长篇小说，让我第一次认识到小说结构的问题。像《世界末日之战》《绿房子》等这些小说，它们都有不一样的结构。也就是说，他是在这方面花了大力气的，在这方面费尽了心思，殚精竭虑地在小说结构上做出努力。

他有些小说的结构已经完全与内容水乳交融，完美地结合在一起，没有这样的结构，就没有这部小说；反过来呢，没有小说故事，也就不会产生这样奇妙的艺术上的佳构。

附录二

莫言写作小技巧

💡 1. 阅读,是最好的老师

如果文学创作和小说创作有什么技巧的话,那就是阅读,它是最好的老师。任何一个作家真正的文学之路,都是从阅读开始的。

💡 2. 读得多,但不写也不行

多阅读是提高写作水平的必由之路,读得多,但不写也不行,当我们有了一定阅读量之后,就应该拿起笔来学习写作。

💡 3. 初期写作，不要回避模仿

我的经验是初期的学习写作，不要回避模仿，我的《春夜雨霏霏》，就是模仿茨威格的《一个陌生女人的来信》，包括鲁迅，其早期的作品也都有模仿的痕迹——像《狂人日记》就是模仿的俄国作家果戈理的同名小说。但一定要在大量模仿的过程当中，逐渐地形成自己对语言的一种独特的风格感受，这是把握语感的过程。久而久之才可以让我们头脑中存在大量的词汇，接受我们感情的支配，然后组织成属于自己的文学语言。

💡 4. 写作，可以从自己写起

写自己亲身经历的事，写自己身边的事，写自己亲朋好友的事，写自己感受最深的事，等等。

总之，刚开始写作，应该把"我"写进去，"我"是加引号的。比如说《蛙》里的"姑姑"，我生活中确实有一个姑姑是做医生的，她是我大爷爷的女儿。我们下一代，甚至是下一代的下一代，高密东北乡成千上万的婴儿都是通过她的手来到人间，这个人在我们故乡本身就有很高的威信，也很传奇。正是生活中有了这样一位非常有人性，非常文学化、戏剧化的人物，在这个基础上我们才能把她变成文学里很典型的人物。

不管怎么说，文学确实还是离不开生活的。写童年其实就是写故乡，写故乡就是写自己最熟悉的人群。

💡 5. 可以把小说写成给亲朋好友的信件

如果在写作的时候找不到一种文字的感觉，或者说找不到一种叙述的腔调的时候，我建议大家把小说写成给亲朋好友的信件。不管文学水平是高还是低，我想大家都是写过信的。当我们摆出稿纸来，一本正经地要写小说的时候，往往感觉到落笔比较困难。但如果我们拿出信纸来要给亲朋好友写封信的时候，是不是会感觉到很轻松呢？

💡 6. 写作时，要调动自己的全部感官

写作时，要调动自己的全部感官大胆虚构。比如说你看到了一朵花，这花是什么颜色的，是什么形状的，散发着什么样的气味，围绕这朵花有没有蜜蜂来采蜜，有没有蝴蝶在飞翔，花萼上有没有虫子呀，花瓣上有没有露珠啊……

你的耳朵听到的，眼睛看到的，鼻子闻到的，以及你的

身体、皮肤感受到的，以及你联想到的、想象到的，那么这样你就感觉到会有很多的话说，这样你就有很多的细节可以使用。

7. 学会从听故事的人，变成讲故事的人

我还有一笔更为宝贵的财富，这就是我在漫长的农村生活中听到的故事和传说。就像诸多作家都有一个会讲故事的老祖母一样，就像诸多作家都从老祖母的故事里汲取了文学的营养，我除了有一个会讲故事的老祖母之外，还有一个会讲故事的爷爷，还有一个比我的爷爷更会讲故事的大爷爷——我爷爷的哥哥。从他们嘴里听来的故事实在是难以计数，这些培养了我在文学创作中不知道天高地厚的自信，和与文学、艺术相关的想象力。

后　记

和莫言聊聊天

1. 和莫言聊聊兴趣爱好

现在网上流传的"莫言书法"里，确实有很多不是我写的。

我选择练书法，可能也跟童年记忆有关系。在我们村里，能够写一手很好的毛笔字的人，会被人高看一眼。比如过年的时候，村里的人会拿着纸，带着几个鸡蛋到那些能写对联的人家里去，让帮着写对联。我对能写一手好字的人充满了尊敬和羡慕。我父亲也反复地教育过年幼的我，一定要把字写好看。说你能写一手好字，就谁也剥夺不去。所以我从小就有了要写好毛笔字的想法。后来我到棉花加工厂做临时工的时候，有几个朋友能写很好的毛笔字，他们也给我树立了榜样。写书法当然要有天分，但更重要的是苦练。我一直用钢笔写小说，没空练习书法。2005年，我跟着一个访问团出国，想带一些书法作品作为礼物送给外国友人。几个朋友动员我自己写，可我当时写的书法实在拿不出手。于是，回国后我就开始练习。这些年虽说不是每天都写，但也是不间断在练。这几年开了"两块砖墨讯"公众号以后，我就更频繁地写毛笔字了。

刚开始我也抄了很多的唐诗宋词，一个人一辈子不抄别人的诗词，那是不可能的。不可能每天都有自己的语句要写，也不可能拿起笔就能够写出很好的律诗，更可能写的是顺口溜。如果这些顺口溜流传下去，人家就会用格律诗的要求来衡量你，这样就漏洞百出了，所以我现在很后悔，当初写了很多东西随手送了人，现在有的就变成了笑柄，甚至给我带来了麻烦。不过这也没有关系，我觉得一个人只有知道自己的弱点以后，才可能痛下决心，才可能取得进步。这两年我确实下了不少功夫学习格律诗词，也认真地临摹先贤们的书法，虚心地与同行们交流。如果大家能够客观地评价，就应该承认我这些年来的进步。当然，现在网上流传的"莫言书法"里，确实有很多不是我写的。希望大家关注"两块砖墨讯"，那里边有我近年来学诗、练字的轨迹。作家里面写字好的人不少。今年春节期间，我邀请了几个字写得好的朋友，让他们参加了书法拍卖活动，拍得很成功。也就是说，他们卖的字已经发挥了作用，救助了生病的孩子，变成善行了，接下来，这一类的事情我们

还会再做一些。

书法跟小说也有相通之处，小说写到极致以后，写的就是作家那种个性。书法家写到极致以后，也可以通过书法看到这个人性格方面的一些特征。所谓的字如其人，是指书法到了一个相当高的境界之后，才能够通过书写把个性显示出来。所有的艺术门类好像都是这样。如果我的书法真的跟我的小说产生了一种类似的风格的话，那就可以说我的字距离"书法"稍微靠近了一点儿。当然我永远不会成为一个书法家，我也永远不敢把书法家的帽子戴到自己头上，我就是一个书法爱好者，是一个书友。

2. 和莫言聊聊人生理想

写了多年小说以后，成为一个剧作家的梦想，也始终没有泯灭。

对戏剧的热爱，跟我自己的童年经历有关系。当时我们在农村，能看的书很少，老师手里以及村子里面能够找到的书也就几十本，看完了以后就没的看了。那会儿一年下来，能够有一两场电影，县里的电影队推着独轮车下来巡回放映。更多的都是地方戏曲，因为每个村里面都有业余剧团。春节前后、农闲的时候，剧团会上演一些戏。经常是你到我村里演，我到你村里演，在这样一种环境里边，戏剧就变成了我接受教育的一种方式。这符合很多先贤的论述：戏剧就是老百姓的教材，演员就是老百姓的教师，舞台就是老百姓公开的课堂。乡村集市上说书人的说唱实际上算是一种准戏剧，其绘声绘色的演绎既是在说书又是在表演。我当兵以后到了部队，读的书也多了，书里也包括一些剧本。

当兵以前在家里的时候，我从大哥留下的中学语文课本里面读到了曹禺的《日出》《雷雨》的片段，还有郭沫若的《屈原》《棠棣之花》。戏剧对我来讲，一直就是一个梦想。我那时候感觉能够写一个剧本让别人演，是了不起的。我后来到了部队开始文学创作的时候，第一个作品就是一部话剧。当时没有写好，手稿也被我烧掉了，我非常遗憾，很后悔。写了多年小说以后，成为一个剧作家的梦想，也始终没有泯灭。

中国传统小说里边最重要的一个手段就是白描，就是不直接去刻画人物的内心，而是通过人物的语言、行为、动作，把人物的性格、内心表现出来。我觉得中国作家如果比较热爱古典文学的话，转向话剧创作应该是轻松的。很多前辈给我们树立了很好的榜样，比如老舍先生。

3. 和莫言聊聊人的欲望

欲望是一个中性的词。

欲望是一个中性的词,没有欲望,人类不可能延续,人活着也没有什么动力,也就没有追求和希望了。想过好日子,想吃好的穿好的,想成名成家,想升官发财,想建功立业,这一切都是欲望。所以我觉得欲望本身就是一个中性的词。但是,我们现在谈的欲望往往是往坏的这一方面来想,一提到欲望好像就涉及一些负面的东西。实际上没有欲望肯定是不可以的,如果没有欲望,这个社会不能延续,人类也不能延续。但是任何欲望一旦过度,必然会带来巨大的副作用。你想吃,吃太多了,会伤了你的胃,让你的身体变得肥胖;你爱喝酒,喝多了会酒精中毒,会胡言乱语;等等。欲望如果不控制,就会反过来对主体造成伤害,而且泛滥开来的话也会伤害他人、伤害社会,损害道德、法律等。《鳄鱼》这个话剧实际上也是从广泛的角度来扩展到人跟欲望之间、人跟社会之间的关系。相信读了剧本看了戏以后,受到震撼的也不仅仅是那些贪官,一般的读者和观众也会有所感触。

4. 和莫言聊聊爱与付出

> 看起来是我们帮助了这些孩子，实际上是这些孩子帮助了我们。

在我看来，慈善是每个人的内心需要。每个人生来都有善心，都有恻隐之心。恻隐之心实际上就是善心的基础。我们看到弱小的动物、可爱的孩子，都想抱一抱，都想保护，这就是人善的本性。现实生活中，因为各种各样的原因，会有一些人处在需要别人帮助的境地。无论一个人多么强大，无论他有多少钱，无论此时他的身体多么强壮、事业多么辉煌，在漫长的一生中，都会有软弱的时候，有需要别人帮助的时候。现在我帮助别人，过不了多久，也许别人就会来帮助我。所以，没有谁是绝对的付出，也没有谁就是绝对的收获。在这几年的慈善活动过程当中，我们已帮助了四百多个孩子。我们的体会就是：看起来是我们拿出一点儿钱来帮助他们做手术，帮助他们恢复健康，但其实这些孩子给予我们的温暖，让我们收获更多。看起来是我们帮助了这些孩子，实际上是这些孩子帮助了我们。因为在帮助他们的过程中，我变得朝气蓬勃，使我年近古稀还在路上奔跑，使我拥有充沛的创作激情。我说的这些都是实话，不是故意说好听的。举个例子说，当我们握着这些孩子的小手,陪他们去天安门广场的时候,觉得心里得到了巨大的安慰。这种安慰远远超出了我们的付出。我想,慈善不仅是付出,还是获得。

"两块砖墨讯"公众号跟慈善结合起来以后,我感觉到,这不仅仅是我与王振两个人的小乐趣,而且具有了一定的社会意义。我们跟中华慈善总会、《中国慈善家》杂志等单位共同建立了一个"莫言同心"的项目,救助患先心病的儿童,也帮助孤独症患儿。在网上展开了筹款的活动之后,我跟王振带头捐第一笔款。我个人的感觉是,文化跟慈善结合起来以后,就像插上了一双翅膀,会飞得更高更远。

5. 和莫言聊聊运动计划

> 就是知道自己老了,但是不能服老,要努力往前跑。

两三年前,我有游黄河的想法,当时我去黄河入海口和壶口瀑布参观,还参加了中央电视台《跟着黄河入大海》的节目。我心里有很多感想,觉得一个中国人,一辈子里,应该有一次遨游黄河的体验。我本来是要跟王振到他老家的黄河边去实现这个梦想的。但是当地的朋友说不行，风险太大，就不让我们去。随着时间的推移，年龄的增长，横渡黄河可能真是有点儿悬了。但是我们下海游泳了，去年游过波斯湾、印度洋。游黄河，实际上有一种象征意义，就是知道自己老了，但是不能服老，要努力往前跑。我要通过这样的方式来更多地跟大自然接触，我在大海里浸泡过，爬上过高山，跳入过黄河，这就是丰富的人生的体验，也是人跟大自然的密切接触。实际上最根本的目的还是要为文学创作做准备。

6. 和莫言聊聊人工智能

作家这个职业短期之内是不会失业的。

任何一次科技的进步，实际上都是一把双刃剑。比如说，手机给人类的通信联络提供了很大的便利，但同时，手机也使我们慢慢减少了面对面的现实来往。此前，我们会拿起笔写信，现在很少有人再用笔写信了，都是在网上打字发信息。现在，人工智能的发展导致很多简单的文稿不需要自己亲自写了。这两天，我看到一些文章，打眼看起来很高大上，但是认真一看，就知道这不是人写的，是机器写的。我个人认为，这种东西如果泛滥开来的话，毫无疑问是对人的写作能力的一种伤害。但是技术发展的潮流，很难直接靠拒绝去抵挡住。前不久，我跟作家古尔纳在北师大对谈的时候也谈到这个问题。我说，作家这个职业短期之内是不会失业的。因为，塑造个性化的人物，训练个性化的语言，是作家的立足之本。我当时就跟古尔纳开玩笑说，在有生之年，我们应该失不了业，但是再下去就不好说了。我想，不能让技术成为人的主宰，只能让它变成为人服务的工具。如果让技术主宰了我们的生活，让它占有了我们大量的时间，让我们自己不愿意动脑筋，变得一切都得依靠它们，那对整个人类来说都将会是巨大的伤害。总之，我们一边要对技术保持开放心态，与时俱进，同时也要保持清醒的头脑和足够的警惕心。

人工智能强大的学习能力，能倒逼着我，想新的办法跟它赛跑，我要求新、求变，要更加突出自己的个性。一个人怎么样才能够改变自己的风格？一个人怎么样才能够突破自己的局限？我认为，就是要敞开心怀、放开眼界，大胆地、努力地、谦虚地向他人学习，向外界学习，尤其是向那些跟文学离得比较远、感觉没有关系的一些门类的学问学习，这样才有可能创新。

7. 和莫言聊聊创意写作

实在写不出来的时候，就左手举觞，右手拿笔，耐心等待灵感袭来。

教育部已经把创意写作纳入了二级学科。我认为，文学创作是可以教的，当然跟教古汉语的方式肯定不一样。对两个不同的小说家或是诗人，必须根据他们的创作个性来向他们擅长的方面引导。创意写作教育，实际上就是帮助学生发现他自己——帮助学生总结经验，帮助学生发挥他的长项，走得更远。这也是我的个人体会，因为我当年也在解放军艺术学院文学系学习过文学写作。后来有人问我那两年学习最大的收获是什么，我说最大的收获是通过大量地阅读他人作品，也通过大量的写作实践，发现了自我，找到了自己应该走的道路。像焦典这样的年轻人，我也是希望用这样的方式来启发他们。我还要特别补充一点：教学相长。我们在读他们作品的时候，实际上也在接受他们的教育，接受他们的启发。我们北师大国际写作中心有一个大师工作坊，现在已经办了十七期了，我们每一期都会集中地研究一个学生的作品。我们请作家，也请编辑，大家一块儿来研讨。在这样一个过程中，学生很受益。我想参加这个研讨活动的人也都会受益。作为一个老作家，我看了年轻作家的作品，感觉到他们有很多新的东西。他们对我不熟悉的文学技巧的熟练运用以及独具特色的语言，都让我耳目一新。所以带学生的过程也是我学习的过程。

每一个时代都有每一个时代的作家，这是不可替代的。因为每一个时代的生活都不一样。而且同一个时代的作家，其出身、所受的教育、个人的性格，都是不一样的，所以写出来的作品也都是不一样的，这就是真正的百花齐放了。另外，现在的孩子们感觉到压力很大，有种种的不如意，奋斗当中有很多的障碍和困难，尤其是写作的时候会碰到很多的障碍。现在我回头想一下，客观地讲，我们那个时候所遇到的困难也不小，甚至我觉得某些方面比现在所遇到的障碍更难跨越。但是没有别的办法，你如果认准了要走这条道路，只能刻苦学习！努力地写，通过写作来改变自己！当然，这里边也有一个技巧问题，你不能闷着头，只管低头拉车，不知抬头看路，那就有可能拉到沟里去了。我个人的建议是，要广泛地阅读，不仅仅是阅读中国古典文学，阅读中国作家的作品，也要阅读外国作家的作品，更要尽量阅读外国同行们当下的作品，阅读跟自己同时代的作家们的作品。都说同行是冤家，我觉得应该改变，一个作家必须看左邻右舍的作品，大家互相学习，你就能看到别人和自己不一样的地方，你才知道你的长项在哪里，短板在哪里。所以我觉得大家还是脚踏实地努力奋斗吧。实在写不出来的时候，就左手举觞，右手拿笔，耐心等待灵感袭来。

8. 和莫言聊聊阅读经典

随着读者的成长,其实书也会成长。

我现在的阅读主要是重复阅读,回头来看当年读过的书。坦率地说,现在我的案头上摆的都是《战争与和平》《静静的顿河》。这两套书,20世纪80年代初期我都反复地读过了,现在过了四十年回头再来读,还是有很多新鲜的感受,这大概就是经典的魅力。随着读者的成长,其实书也会成长。虽然书还是那本书,但是读这本书的人状态不一样了。比如说,同一本书,我三十来岁时读出的东西,跟我七十岁读出的东西,肯定是不一样的。

9. 和莫言聊聊文学命运

只有阅读了大量的文学作品,心灵才可能变得更加丰富,灵感也许才能够被调动起来。

戏剧是一种文学,电影文学剧本、电视剧剧本也是一种文学的样式。小说、诗歌当然更不用说了。音乐家用五线谱、简谱来创作，跟文学也有关系。我相信，文学是一切艺术的基础。只有阅读了大量的文学作品，心灵才可能变得更加丰富，灵感也许才能够被调动起来。这也是文学不会被别的艺术形式所代替的原因吧。今年春节期间出了一个人工智能软件，输入一段简单的文字内容，马上就会生成一个视频或者生成一部电影。作为一个作家，讲一个故事，然后一部电影就拍出来了，导演和演员似乎都不需要了。这不更加证明了文学的重要性了吗？当然作家也不要沾沾自喜，需要提高我们讲故事的水平，提高我们的语言能力，才有可能在未来残酷的竞争中，有我们这个职业的立足之地。

（2024年3月）